D1719752

VACANCES OBLIGATOIRES

GEORGES SIMENON

VACANCES OBLIGATOIRES

PRESSES DE LA CITÉ
PARIS

IL A ÉTÉ TIRÉ DE CET OUVRAGE
CINQUANTE EXEMPLAIRES
NUMÉROTÉS DE 1 A 50
ET CONSTITUANT L'ÉDITION ORIGINALE

© Georges Simenon, 1978

ISBN 2-258-00415-2

Le 15 juin 1976.

Je suis à peine arrivé à mon petit hôtel de vacances, de Saint-Sulpice, que mon premier soin est de demander à Teresa de m'installer mon magnétophone. Pas parce que j'ai quelque chose à dire. Je n'ai rien à dire, sinon que je retrouve joyeusement l'atmosphère optimiste de l'année dernière. C'est une manie ; lorsque l'on défait les bagages, la première chose que je réclame : mon magnétophone et mes livres à portée de la main, mes pipes, bien entendu, mon tabac.

Dès lors, où que je sois, je me sens chez moi.

Vers la fin de la guerre, j'ai eu l'occasion de lire de nombreux volumes reliés de la *Gazette des Tribunaux* du siècle dernier que m'avait prêtés un juge de mes amis. J'ai vaguement l'impression d'en avoir déjà parlé mais ça n'a pas d'importance. Tout ce que je dirai aujourd'hui sera différent de ce que j'ai pu dire hier.

Au XIXe siècle, la plupart des faits divers, y compris les crimes de sang, étaient commis dans les campagnes. La vie était loin d'y être idyllique comme on tente de nous le faire croire aujourd'hui. Et les principales victimes étaient les vieillards devenus plus ou moins inutiles à la ferme.

Il s'agissait, pour les héritiers, de participer le plus tôt possible au partage des terres, car la terre était le plus précieux des biens. Même les enfants qui travaillaient à la ville, surtout aux chemins de fer, attendaient leur héritage avec impatience.

Le vieux, immobilisé dans son fauteuil, ou ne faisant que quelques pas autour de la ferme, n'avait plus rien à dire et souvent, beaucoup plus souvent que les statistiques le montrent, c'était la femme, surtout si elle était plus jeune que lui, qui l'empoisonnait à l'arsenic pour épouser un jeune valet.

Cela me rappelle une autre histoire qu'on nous racontait en classe lorsque j'avais six ou sept ans. C'est une histoire de ferme aussi. Un père d'une trentaine d'années, peut-être un peu plus, voit un jour son fils d'une dizaine d'années tailler une assiette dans une pièce de bois. Il s'étonne, lui demande ce qu'il fait.

Et l'enfant de répondre naïvement :

— Je prépare ton assiette pour quand tu seras vieux comme grand-père.

Car, en effet, comme le grand-père avait les mains tremblantes et qu'il lui arrivait de casser une pièce de vaisselle, on lui avait confectionné une assiette en bois.

Aujourd'hui, à commencer par le président de la République, par les ministres, les députés, la télévision, la radio, les journaux, c'est à qui s'occupera le plus du sort des vieillards. On dirait, à les entendre et à les lire, qu'ils ne font plus partie de la même humanité que les autres, qu'ils sont une classe à part, sur laquelle le reste du monde « se penche avec sollicitude ».

Une sollicitude qui consiste à la fois à se débarrasser d'êtres gênants tout en gardant bonne conscience.

Ces drames se passent encore, certes, à la campagne, surtout chez les agriculteurs qui possèdent un large morceau de terre ou un assez grand nombre de têtes de bétail. Lorsqu'ils ont atteint un certain âge, les jeunes, surtout ceux qui ont gagné durement leur vie, comme au siècle dernier, commencent à s'impatienter. Il en est de même pour les possesseurs d'une certaine fortune, même si cette fortune n'est pas très importante.

Les médecins, eux, s'efforcent par tous les moyens de prolonger la vie humaine. Ils ne tiennent pas compte de l'impatience de ceux qui prendront un jour la place des anciens.

On crée pour ceux-ci des logements qu'ils peuvent atteindre dans leur voiture d'invalides, quand c'est le cas. Des assistantes sociales les visitent. Mais qui s'efforce de découvrir ce que ces vieux-là pensent ?

Ils ne parlent plus beaucoup, sauf entre eux, et avec une certaine pudeur. Ils n'en sentent pas moins qu'ils sont devenus de trop et que la génération montante piétine en attendant l'héritage convoité, qu'il soit important ou qu'il nous paraisse dérisoirement minime.

Mon grand-père Simenon, cela, je suis sûr de l'avoir dicté, a connu ce sort-là. Un de ses gendres, sinon certains de ses enfants, trouvait presque indécent, avec ses cheveux blancs et ses grosses moustaches blanches aussi, qu'il continue à tenir sa petite chapellerie de la rue Puits-en-Sock. Ils ont proposé, et insisté sournoisement pour qu'il fasse, de son vivant, le partage de ses biens.

Le vieux Chrétien Simenon a fini par céder. Un gendre a pris sa place. Mon grand-père voulait garder sa fille et rester près d'elle. Sa fille est morte très jeune en laissant deux enfants. Le gendre s'est remarié avec ce qu'on appelle vulgairement une vieille punaise de confessionnal mais qui possédait des biens, elle aussi.

C'est pourquoi, à peu près chaque jour, mon grand-père venait se réfugier pour la journée chez ma mère.

Je n'en veux pas aux jeunes. Je ne les condamne pas. Mais qu'on cesse donc ce faux apitoiement sur les gens qu'on appelle aujourd'hui du troisième âge. Qu'on continue à les considérer comme des hommes, même s'ils sont devenus incapables de conduire un tracteur ou de vivre sans un certain nombre de soins.

Personnellement, et j'ai presque l'âge de mon grand-père quand il a fait la distribution de ses biens, je considère l'attitude actuelle comme une hypocrisie.

Ceux qui ont travaillé durement toute leur vie, élevé des enfants, souvent au-dessus de leurs moyens, ont le droit à une fin de vie paisible qui ne leur soit pas offerte par la charité publique.

Ils ont droit aussi à ce que leurs enfants patientent pour recueillir les biens plus ou moins importants que leurs anciens ont gagnés.

Chaque fois que j'écoute un discours sur le troisième âge, sur l'aide au troisième âge, j'ai envie de m'indigner.

Ce qui trouble le plus ce fameux troisième âge, à mon sens, ce n'est pas nécessairement un certain amoindrissement des facultés, ni même un abaissement plus ou moins important du niveau de vie. C'est le piétinement qu'ils entendent derrière eux, le piétinement de ceux pour lesquels ils se sont souvent sacrifiés pour leur faire grimper d'un échelon dans l'échelle sociale que j'abhorre, le piétinement des héritiers qui se demandent :

— Mais quand donc se résignera-t-il à nous laisser la place ?

Je pense que ce problème-là, vu d'un point de vue purement humain, est aussi important, sinon plus important que le problème de la jeunesse et de l'instruction. La délinquance juvénile existe, certes. La *Gazette des tribunaux* du siècle dernier m'a appris qu'alors aussi elle existait, non seulement dans les banlieues, qui n'étaient pas encore des cités de béton, mais dans les moindres villages. Et elle existait aussi dans la bourgeoisie des grandes villes, car la fortune n'exclut pas la cupidité, bien au contraire.

Avant de parler d'une époque prétendue idyllique qui a disparu, des troubles de la nôtre, on devrait obliger les politiciens comme les psychologues et les philanthropes à lire la collection complète de la *Gazette des Tribunaux* du siècle dernier.

On se rendrait compte que, malgré quelques progrès de surface, plus ou moins artificiels, en tout cas qui ne vont pas loin dans l'âme des hommes, nous n'avons pas fait de progrès réels, si nous n'avons pas reculé.

Lundi 21 juin 1976.

Premier jour de l'été. Ici, dans un climat bien tempéré et généralement plutôt frais, il fait une chaleur quasi tropicale. C'est très bien ainsi. Nous aimons que les saisons ressemblent aux saisons et nous supportons mal d'avoir de la chaleur en avril et de la fraîcheur en juillet ou en août.

Les journaux ne parlent que de la sécheresse. Or, il y a toujours un ou l'autre coin du monde où la sécheresse sévit, ruine les récoltes, oblige à abattre le bétail. Seulement, cela ne touche les uns et les autres que quand cela se passe chez eux.

Depuis vendredi soir et surtout samedi matin, je savais que j'avais une lettre délicate à dicter par téléphone à ma secrétaire. Un mot, une phrase malencontreuse, auraient pu être mal interprété. Il fallait penser aux moindres détails et les mettre au point.

Or, curieusement, j'ai passé le samedi et le dimanche sans y penser à proprement parler. Le samedi, comme le dimanche, faute de secrétaire, car je n'écris plus à la main.

Je ne prétends pas que je n'aie pas été un peu plus tendu pendant ces deux jours, mais à aucun moment je n'ai anticipé sur les phrases que je dicterais.

Ce n'est que ce matin, pendant ma douche, que je me suis senti plus nerveux et que j'ai éprouvé le besoin d'en finir avec cette nervosité inconsciente. J'ai failli faire venir Aitken pour lui dicter la lettre sans le truchement du téléphone, parce que je me méfiais de moi, qui ai horreur de cet appareil.

La lettre, en fin de compte, a été dictée en moins d'un quart d'heure. J'en suis délivré. Je me sens à nouveau pleinement en vacances et l'esprit libre.

Nous avons fait ensuite, Teresa et moi, notre promenade habituelle. Nous avons retrouvé notre rythme, sans arrière-pensées, sans qu'elle ait besoin de se préoccuper encore de savoir si j'étais soucieux, tourmenté ou non.

Autrement dit, la vie continue, après un entracte qui n'en a pas été un réellement. Nous sommes à l'heure pour le déjeuner, puis pour la sieste.

Mais j'ai pu me convaincre une fois de plus que ce n'est pas tant notre esprit qui compte que notre subconscient, et que celui-ci est toujours prêt, si nous lui laissons les rênes, à travailler pour nous.

Rien n'est plus faux, dans son orgueil, que le « Penseur » de Rodin qui se tient le front pour dominer les cogitations de son cerveau.

Lundi 21 juin 1976.

Il y aura demain une semaine exactement que nous avons quitté notre petite maison de l'avenue des Figuiers. Une semaine aussi que nous avons quitté nos oiseaux qui, heureusement, recevront chaque jour leur pitance et leur quantité d'eau dans notre jardin.

De toutes ces espèces-là, il en est une que j'ai retrouvée ici : surtout les merles. Je les ai toujours écoutés avec une attention soutenue et, bien que n'étant pas ornithologue, je leur ai accordé un intérêt particulier.

Il y a de nombreuses années qu'au cours de mes promenades je m'efforce d'entrer en contact avec eux et de les comprendre. Ils ont d'abord une caractéristique : ce sont les premiers levés, à ma connaissance, avant que le soleil ait vraiment éclairé le ciel. Ce sont aussi les derniers à s'endormir.

Enfin, de toute la journée, ils se taisent rarement, soit pour bavarder entre eux, ce qui est fort possible, soit pour entrer en contact avec nous.

Leur premier chant, si je puis dire, car je n'aime pas le mot siffler, est généralement le même pour tous et comporte un certain nombre de notes assez restreint, se suivant presque toujours dans le même ordre.

Qu'on leur réponde, et ils commencent à répéter leur premier appel. Puis, si au lieu de les imiter, on change ce que je ne crains pas d'appeler la mélodie, ils s'efforcent de l'imiter.

14

Presque toujours, au début, il leur arrive de faire de fausses notes. A la deuxième ou à la troisième fois, ils les corrigent, et quand ils ont abouti à une imitation parfaite, ils y ajoutent deux ou trois notes qui sont comme un chant de triomphe ou de défi.

Que l'on change alors le thème, ils hésitent, cafouillent, recommencent à zéro, et arrivent enfin à adopter notre nouveau langage.

Cette expérience-là, je l'ai faite souvent, dans des climats différents, dans des conditions différentes aussi.

On rira sans doute si je prétends que les merles essaient d'entrer en contact plus étroit avec nous, mais j'avoue n'être pas loin d'en être persuadé.

Ils ne nous craignent pas. En tout cas, en dehors de la Corse, où on les considère comme des grives et où on les met en boîte. De tous les oiseaux de mon jardin, moineaux divers, mésanges, grives, etc., ce sont les moins craintifs et les plus familiers.

Sur les terrasses de restaurants des villes, par exemple, on voit les moineaux, enhardis, venir jusqu'au pied des tables et même jusque sur les tables pour piquer quelques morceaux du gâteau des vieilles dames qui prennent le thé.

Je n'y ai pas vu un seul merle. Peut-être n'aiment-ils pas les gâteaux? Peut-être n'aiment-ils pas les vieilles dames?

Ce que je sais, c'est que dans mon jardin, si petits qu'ils soient, ce sont les seuls oiseaux ou à peu près à venir jusqu'à la porte-fenêtre, sans nervosité apparente, sans crainte, suivant de leurs yeux ronds nos allées et venues dans le studio.

J'en reviens à leur chant. Pourquoi, de tous les oiseaux qui m'entourent, sont-ils les seuls à chanter toute la journée? Pourquoi sont-ils aussi les seuls à moduler leur chant plusieurs fois par jour? Au moment où je dicte ces lignes, j'en entends deux ou trois qui chantent sur des thèmes que je n'avais pas encore entendus. Est-ce une conversation entre eux? Est-ce qu'une part nous en est destinée ou est destinée simplement à la nature? Je suis incapable de répondre à cette question.

Comme je l'ai dit, je ne suis pas un spécialiste en la matière. Il m'est arrivé d'essayer d'imiter les trilles d'un rossignol, qui ont une si grande part dans la littérature : il ne m'a jamais répondu. Les moineaux pépient gentiment mais ne se préoccupent pas des réponses que l'on peut leur faire. Les mésanges pas davantage. Ils vivent leur vie propre, indifférente à nous.

Le merle me paraît faire exception.

J'ai connu, dans les mers du Sud, les fameux merles des Moluques qui vous réveillent bien avant le lever du jour et dont la voix stridente vous empêche de vous rendormir.

Lorsque l'on se donne la peine de leur répondre, eux aussi répondent à leur tour.

Quelles questions nous posent-ils? Quelles réponses exactes attendent-ils de nous? Faute de connaître leur langage, nous en sommes réduits à improviser, et nous continuons à ignorer ce que nous leur disons.

Cela a été le cas avec les populations dites primitives, que nous avons soi-disant conquises et qui nous conquièrent à leur tour. Forts de la supériorité de notre race, nous leur parlions notre langage, en haussant la voix, pour ne pas dire en gueulant, et nous étions surpris des réactions que nous obtenions.

Aujourd'hui, un roitelet africain parle, à la télévision, un meilleur anglais que nos gouvernants.

Nous arrivera-t-il un jour de parler « merle » à notre tour?

Les supériorités ne sont pas éternelles.

Si je prends mon microphone ce matin au retour de notre première promenade, c'est bien par habitude, car, pour une fois, je n'ai rien à dire.

A trois heures, cet après-midi, il y aura exactement une semaine que nous sommes ici et le temps a passé si vite que nous ne nous en sommes pas aperçus, tout en reprenant machinalement nos horaires et nos habitudes de l'année dernière.

Depuis deux mois, et plus, j'ai eu beaucoup de soucis. J'en ai encore, comme tout le monde, mais des soucis mineurs qui ne se traduisent pas par des rêves plus ou moins fantastiques ou par une fatigue générale. Hier matin, j'ai pu liquider, ou plutôt éponger le dernier de mes soucis importants.

En d'autres termes, je me sens en vacances. C'est peut-être pour cela qu'hier après-midi je n'ai parlé que d'oiseaux. Pour un peu, j'en parlerais encore aujourd'hui, mais cela deviendrait monotone. Je continue à écouter les merles et, pendant notre promenade, je me suis fait un devoir et un plaisir de leur répondre. Les gens qui nous rencontrent doivent être étonnés de voir un homme de mon âge, debout dans une tache d'ombre, sifflant selon les indications d'un oiseau et s'efforçant de l'imiter, ou de lui apprendre une nouvelle phrase.

Je ne dirai pas que je me sens vide. Au contraire, je

suis plein de joie de vivre, sans ces préoccupations qui, insidieusement, et à notre insu, nous empêchent de communiquer naïvement et simplement avec la nature.

En somme, mes vraies vacances commencent aujourd'hui. Je les savoure depuis plusieurs heures et je ne puis que répéter le mot fameux et ironique à la fois :

— Pourvu que cela dure!

Je ferai en tout cas l'impossible pour qu'il en soit ainsi, mais nous ne sommes pas maîtres, loin de là, de la petite mécanique encore très mystérieuse, malgré tous les progrès de la science, qui fonctionne dans notre cerveau.

Avoir le cerveau libre, la mécanique au repos, c'est tellement merveilleux!

Aujourd'hui, pendant la sieste, j'ai pensé machinalement à ce que j'appelle mon après-vie. Pas du tout sur un mode dramatique, ni même sentimental, mais plutôt dans un domaine objectif et, j'allais dire, pratique.

Depuis plus de cinquante ans, je suis l'objet, pour ne pas dire la victime, d'un nombre assez considérable de légendes. Je ne sais pas comment celles-ci prennent naissance. Ce que je sais, c'est qu'une légende, une fois lancée, fait tranquillement son tour du monde et que les démentis ne servent à rien dans la plupart des cas.

Je n'ignore pas non plus que ce que j'allais appeler mon ex-femme, bien qu'elle soit encore mon épouse légitime mais que nous soyons séparés depuis plus de douze ans, remplit des cahiers de notes à mon sujet. Elle m'en a envoyé quelques spécimens qui étaient du pur chantage.

Alors, que deviendrai-je une fois passé de l'autre côté de la barricade qu'est la mort? Qui pourra dire la vérité?

C'est à cela que j'ai pensé pendant ma sieste, non que je me préoccupe tellement de mon image devant la postérité, qui m'oubliera peut-être rapidement, mais parce que je tiens à garder la réputation de ce que l'on appelait jadis un honnête homme.

Il y a d'autres légendes qui me déplaisent. Je ne me donne pas la peine de les contredire.

Pendant ma sieste, cependant, j'ai décidé d'ajouter un

codicille à mon testament. Il vaut ce qu'il vaut. Chacun aura le droit d'écrire sur moi ce qui lui plaît, puisque je ne serai plus là pour intenter une action en justice.

J'ai cependant écrit, sous forme de codicille, une préface à ce que je demande instamment à ma compagne, qui vit avec moi depuis quatorze ans, qui n'a jamais été pour rien dans ma séparation d'avec mon épouse légitime, qui partage mes jours et mes nuits, toutes mes heures, tous mes actes, toutes mes pensées, d'écrire, une véritable biographie, la seule que je reconnaisse.

Au besoin, ma secrétaire Aitken-Pache pourra confirmer ses dires. Elle pourra, de son côté, écrire des Mémoires sur la partie « affaires » de mon œuvre et sur les fréquentes angoisses par lesquelles je suis passé.

Mais, pour ce qui est de mon moi intime, de mes réactions quotidiennes, j'allais dire horaires, il n'y a qu'une seule personne qui puisse en donner un véritable écho. A côté de cela, les journalistes pourront toujours romancer des incidents inexacts, comme, il y a deux jours encore, l'a fait Philippe Bouvard, qui est pourtant un ami. J'ai fait don, en effet, comme il l'a annoncé, de tous mes manuscrits, de tous mes livres, dans toutes les langues, de toute ma correspondance, de toute ma documentation, à l'Université de Liège qui a créé un « Centre d'Études Georges Simenon ».

Sous la plume de Bouvard cela devient un « Centre d'Études du *Roman Policier* ».

Cela suffit à montrer, même de la part d'un ami, des distorsions possibles et qui changent complètement le sens d'un geste.

C'est un peu et même beaucoup à cause des distorsions de ce genre que je charge Teresa de mettre au point les fausses vérités qui courent à mon sujet et de me montrer, ainsi que le premier livre que j'ai dicté, «un homme comme un autre».

Jeudi 24 juin 1976.

Quand on parle de mode et qu'on croit avoir innové, on retrouve invariablement des précédents. Régulièrement, une période imite une autre période, soit par nostalgie, soit parce que le genre de vie a à nouveau changé.

A lire les journaux d'aujourd'hui, à écouter la radio, à regarder la télévision, on croirait que nous venons d'inventer la mode des seins nus et on nous annonce, dans deux ou trois ans, la mode du nu intégral.

Pour ne parler que de la race blanche, les Grecs et les Romains considéraient comme tout naturel, lorsqu'ils se livraient aux sports, d'être entièrement nus, et personne ne s'en choquait.

Sous Louis IX, le Roi Pieux, il existait dans Paris et ailleurs des piscines d'eau chaude où le peuple venait se laver, hommes et femmes mélangés, dans un état de nudité candide.

Quant aux seins, tout le monde se souvient du fameux portrait de Diane de Poitiers exhibant une poitrine adorable.

Il y a eu, depuis, des allers et retours, quelques pas en avant, beaucoup de pas en arrière. Sous la Restauration et l'Empire, les seins aussi étaient mis en valeur sans vergogne.

La mode qui déferle aujourd'hui sur les plages d'Europe et dont on parle tant, est née, je crois, à San Francisco. J'étais alors aux États-Unis. Des patrons de bar astucieux avaient installé au milieu de leur bar circulaire une estrade

21

où des danseuses ont commencé à faire du strip-tease, puis à se dénuder entièrement la poitrine.

De là à ce que cette tenue devienne presque classique pour les serveuses, il n'y avait qu'un pas.

Mais un pas tardif, puisqu'il y a plus de quarante ans j'ai été surpris, sur les plages suédoises, de trouver tout le monde, mères de famille, pères et enfants, dans la tenue d'Adam et Ève, et nul ne s'en choquait.

Cette année, des plages seront fleuries de seins, et pas seulement de seins jeunes et agressifs. J'ai lu l'interview d'une femme de plus de soixante ans, qui n'a aucune illusion sur ces charmes, déclarer qu'elle se baignait régulièrement nue dans les environs de Saint-Tropez et que, si elle le faisait, c'était pour sa satisfaction personnelle, en dépit des sourires qu'elle pouvait soulever sur son passage, parce qu'elle aimait le contact du soleil et de l'eau de mer sur sa peau.

Personnellement, j'ai encore connu en Afrique Équatoriale, par exemple, dans les îles Fidji, en Amazonie, des populations entières qui vivaient dans un état de nudité complète, sauf, la plupart du temps, pour une touffe d'herbes sèches que les indigènes portaient devant leur sexe. Ce n'était pas par pudeur, car au moindre mouvement ces herbes s'écartaient. C'était pour protéger des moustiques et autres bestioles agressives les endroits les plus sensibles du corps.

On nous dit que nos ancêtres étaient vêtus de peaux de bêtes. Eux non plus, j'en suis sûr, ne songeaient à cacher une partie quelconque de leur anatomie mais se défendaient ainsi contre le froid, car on passait par des périodes glaciaires ou semi-glaciaires et les fourrures étaient indispensables.

Ce que j'ai appris, en Afrique et dans des pays que l'on disait sauvages, c'est que le vêtement n'a été qu'un substitut à un certain orgueil de classe. Les Noirs de l'Afrique Centrale, par exemple, sont non seulement tatoués selon les règles bien définies, qui donnent à chacun sa place, mais ils subissent des incisions dans certaines parties du corps qui sont plus définitives et plus nobles, si je puis dire, que ces tatouages. Ne se fait pas inciser de telle ou telle façon qui veut.

Pas plus que l'on se fait inscrire dans le Gotha. On dirait que l'homme a, depuis les temps les plus reculés, éprouvé le besoin de se distinguer des autres et d'affirmer son statut.

Si, dans trois ans, comme on nous l'annonce, les gens s'étendent entièrement nus sur les plages, cela prouvera peut-être qu'une certaine démocratie est en marche. En effet, entre un banquier tout nu et un mécanicien de chemins de fer ou un garçon de café dans la même tenue, il n'y a plus aucune différence, sinon que le mécanicien a des chances d'avoir des muscles mieux développés et que le garçon de café a des chances, lui, d'être plus jeune.

Ce que je dis des hommes, je pourrais le dire des femmes. Et c'est peut-être pourquoi nous assistons à la prolifé-ration des établissements où les uns comme les autres vont essayer à grands frais d'acquérir une certaine forme physique.

C'est fort encourageant. Que l'homme et la femme acceptent enfin de ressembler à eux-mêmes, que les déco-rations, quelles qu'elles soient, ne représentent plus un signe de caste, mais qu'un Commandeur de la Légion d'Honneur, tout nu, ne se considère plus comme un être supérieur mais comme un croulant ou un semi-croulant.

Le fait que nous en soyons revenus au culte du soleil, du bronzage, ce qui est assez curieux après que nous avons tant méprisé les êtres, si légèrement colorés qu'ils soient, comme s'ils appartenaient à une race inférieure, cela me paraît de bon augure.

Vivement, non seulement les seins sur la plage, mais le nu intégral, sans aucun sens de culpabilité. Qu'il ne soit plus réservé à ce que l'on appelle une élite qui fréquente à grands frais les camps de nudistes, mais qu'il soit à la portée de tous.

Il paraît que c'est déjà presque arrivé. Je ne l'espérais pas lorsque je parcourais des contrées où les gens vivaient naturellement nus. Il est vrai qu'ils avaient leurs tatouages.

Connaîtrons-nous aussi l'époque où les Blancs que nous sommes se feront tatouer leurs décorations et les signes apparents, bien visibles, presque agressifs, de leur supériorité.

Je viens de passer à peu près quarante-huit heures avec deux jeunes couples. Aux repas, j'étais assis face aux deux femmes et j'ai été fasciné par les révélations que m'apportaient leurs yeux.

On parle beaucoup d'amour. On en a écrit des milliers de volumes. Je ne pense pas que l'on ait donné une importance suffisante aux yeux.

A mon avis, aujourd'hui, ce n'est pas tant le visage, la joliesse, le corps plus ou moins parfait ou excitant d'une femme qui comptent : ce sont ses yeux.

Pendant quarante-huit heures, je l'ai dit, j'ai scruté les yeux de deux femmes. Je crois que je les ai comprises. Et, dans les deux cas, je prévois un divorce.

Il y a des yeux froids, impersonnels, ou plutôt trop personnels, des yeux de quelqu'un qui n'a rien à donner mais qui attend tout gratuitement.

Il y a des yeux pleins de pétillement, d'intelligence, de curiosité, qui se sont laissés prendre par un beau mâle qui ne leur suffira pas longtemps, car elles ne tarderont pas à trouver le vide devant elles.

Je suis, depuis longtemps, mais davantage avec cette expérience immédiate, passionné par les yeux. Un homme, une femme, ont l'habitude d'être séduits plus ou moins par la forme du nez de leur partenaire ou par la forme du visage. Pour moi, c'est superficiel, et même si ça paraît réussir, cela

25

ne dure pas longtemps, car il n'y a rien qui change plus rapidement que l'aspect d'un nez au milieu d'un visage déterminé.

Restent les yeux qui, eux, expriment totalement l'être intime. Il y a aussi un autre signe : la bouche. J'ai connu des centaines de bouches minces et serrées. Je n'en ai pas rencontré une parmi elles qui exprime la générosité et le don de soi-même.

On dirait que ce rétrécissement est le reflet d'un rétrécissement intérieur, d'un repliement, d'une indifférence à tout ce qui est en dehors de soi.

Je parle aussi bien des hommes que des femmes. Je crois cependant qu'à mon âge j'ai vu assez de cas où l'une ou l'autre de ces caractéristiques ont conduit à la catastrophe conjugale ou à la résignation d'un des deux membres du couple, ce qui est pis.

Pour en revenir à mon premier propos, l'amour devrait commencer par les yeux. Malheureusement le cinéma, la télévision, les magazines, nous font commencer par de tout autres bouts. Or, ces bouts-là sont fragiles, durent très peu de temps, sont pour ainsi dire interchangeables, de sorte qu'ils n'ont jamais servi à créer un couple.

Mardi 29 juin 1976.

J'ai parlé hier assez brièvement des révélations que nous donne le regard d'un être humain et aussi le pli de ses lèvres. Comme, à vingt ans, on est plus sensible à d'autres charmes, il est évidemment difficile, dès cet âge et même plus tard, de former un couple.

Comme il est difficile de créer un simple individu, homme ou femme, plus ou moins équilibré.

Il y a longtemps que j'observe les enfants aussi bien que les grandes personnes. Les parents voient leur progéniture avec leurs propres yeux, ce qui est naturel. Mais pour l'être impartial qui les regarde avec attention, il détecte assez facilement ce qui deviendra plus tard des défauts graves.

Il n'est que de se référer aux statistiques. Plus d'un être humain sur dix est, dès sa naissance, selon ses gènes, son hérédité, son milieu, un futur handicapé. La preuve en est qu'on ne cesse de créer, dans tous les pays du monde, des organisations, hôpitaux, visites d'assistantes sociales, etc., pour essayer de rendre ces êtres, sinon entièrement normaux, tout au moins capables de s'insérer dans la société.

On y arrive parfois. On ne réussit pas toujours, loin de là.

Alors, s'il est si difficile et hasardeux d'élever ce qui devrait être un jour un homme ou une femme, dans la pleine acception du terme, c'est-à-dire normalement balancé (mais où se situe exactement la normale?), comment espérer qu'à tous coups deux êtres de sexe opposé qui se rencon-

27

trent plus ou moins fortuitement, puissent devenir un couple stable et harmonieux et élever à leur tour, dans les meilleures conditions, de nouveaux petits êtres issus d'eux?

C'est une question que je me suis posée souvent. La biologie se la pose aussi, autant que la zoologie.

La semaine dernière, justement, la Suisse a importé des couples de lynx, qui faisaient partie autrefois de la faune habituelle, mais qui ont été exterminés par les chasseurs et les paysans.

Ce n'est pas par originalité ni par curiosité d'une race qui s'était éteinte dans le pays, que les zoologistes et les écologistes suisses ont agi de la sorte.

Ils avaient depuis longtemps remarqué que les chevreuils, par exemple, dégénéraient. En réacclimatant le lynx, ils suppriment du même coup les chevreuils malades ou trop faibles pour procréer dans de bonnes conditions.

Le grand biologiste viennois Lorenz en a parlé longuement, dans plusieurs ouvrages, en ce qui concerne d'autres animaux.

Le premier résultat, pour lui, a été de se faire traiter de nazi.

Et, en effet, il est contraire à notre sensibilité d'aujourd'hui de sacrifier les plus faibles afin de garder, dans chaque catégorie animale ou humaine, les plus forts en vue d'une race forte.

La science nous apporte de la sorte de **graves** contradictions et de graves problèmes. Pour ma part, ma sympathie va aux plus faibles. J'ai une certaine méfiance pour ce qu'on appelle les forts, qui ne sont la plupart du temps que des orgueilleux, impitoyables, considérant la majorité de leurs semblables comme une race inférieure.

C'est ce qu'ont fait pendant des siècles les pays puissants à l'époque coloniale. C'est ce qu'a fait aussi l'Église, ce qu'ont fait la plupart des Églises, y compris en Asie où il existait une classe dénommée les « Intouchables ».

Il y a progrès. Nous nous penchons de plus en plus sur

les humains déficients. Mais ne le faisons-nous pas avant tout par intérêt et non par sensibilité ?

Lorsque la plupart des pays exhortent leurs citoyens à augmenter le nombre d'habitants, pour se sentir plus forts et posséder un plus grand nombre de soldats, est-ce bien sincèrement sur le sort de l'individu que nous nous penchons ?

Quand les hôpitaux psychiatriques sont remplis, quand les établissements de rééducation physique ou intellectuelle ne suffisent plus, faut-il vraiment se préoccuper coûte que coûte du nombre de soldats que l'on tirera de la matière humaine ?

Je suis parti des yeux, de la bouche, de la formation d'un couple. Je ne suis pas loin de croire, sans rien enlever à la liberté individuelle, que c'est sur le terrain de la formation de ce couple et de sa progéniture que l'on devrait se pencher davantage.

Comment ? Je n'en sais rien. Des milliers de savants, de par le monde, essaient de répondre à cette question-là. Certains ont leurs remèdes, qui ne coïncident jamais avec ceux des autres.

Un des livres de cette série que j'ai dictée s'intitule *Les Petits Hommes*. Sommes-nous donc voués à voir ce petit homme, cette petite femme, s'amenuiser davantage et rencontrer de plus en plus de problèmes qui les dépassent et qui, dans une importante proportion, les détraquent ?

Les gouvernements, aidés des mêmes savants, sont arrivés, contre toute attente, à créer les bombes nucléaires en attendant des moyens de destruction encore plus puissants.

Tant pis pour la piétaille.

On serait sans doute étonné de savoir à quel livre je tiens le plus de ma bibliothèque dispersée aux quatre coins de Lausanne, car ma petite maison rose est vraiment trop petite et même mon appartement de l'avenue de Cour. Il y a des centaines de volumes enfermés dans les caves de la maison Lavanchy, le garde-meuble de la ville.

Ce livre, que j'ai toujours conservé religieusement, a été écrit par un homme célèbre en son temps et justement célèbre. L'un des favoris parmi les collaborateurs de Pasteur, devenu professeur à son tour, qui a créé le sérum du typhus, sauvant ainsi des millions d'êtres humains.

Son livre date d'une quarantaine ou d'une cinquantaine d'années, je ne sais plus, car en vacances je ne l'ai pas sous la main. Il s'intitule, si je ne me trompe, *Physiologie de l'Invention.*

A cette époque, ces œuvres-là étaient réservées à un public restreint. Le livre de Nicole a peut-être été tiré à deux mille exemplaires. J'en ai parlé souvent à des professeurs de faculté, à des médecins, à des biologistes.

La plupart n'en avaient jamais entendu parler.

Or, la théorie de Nicole, qui comblait mes vœux alors que j'étais encore très jeune, accorde la priorité du subconscient sur l'intelligence.

Il ne traite pas cette question superficiellement. Il a recherché l'histoire de la plupart des grandes découvertes humaines et il conclut, avec preuves à l'appui, que très peu de découvertes, sinon aucune n'a été faite à l'aide de l'intelligence pure. Au contraire, il affirme que les découvertes, dans quelque domaine que ce soit, y compris la sienne, sont parties de l'intuition.

Le rôle de l'intelligence vient ensuite, pour contrôler, analyser, souvent améliorer ces découvertes qu'on pourrait presque appeler primaires. Cette intelligence peut aussi, dans bien des cas, leur donner un certain nombre de prolongements et d'applications non prévus au moment de l'inspiration initiale.

Curieusement, les savants d'aujourd'hui qui, la plupart, n'ont jamais lu le livre de Nicole, en arrivent aux mêmes conclusions que lui. On se méfie de plus en plus de l'intelligence pure et les découvertes qu'elle inspire n'ont, la plupart du temps, qu'une existence très courte.

Si j'ai pensé hier soir à Nicole en m'endormant, c'est que j'ai entendu un de ces derniers jours un autre savant illustre, Leprince-Ringuet, affirmer à la télévision et à la radio que, peu de premiers de classe, peu de forts en thème, devenaient par la suite des hommes de premier ordre. Lui aussi, après une longue carrière de chercheur et de professeur, en est arrivé à la conclusion de Nicole et je crois bien que, lui aussi, a prononcé le mot « intuition ».

Malgré les affirmations optimistes de certains médecins, nous connaissons fort peu de chose du fonctionnement de notre cerveau. On taille, on opère, on use aujourd'hui du laser, mais un peu au petit bonheur. Quant à la mémoire, qui est peut-être un des problèmes essentiels pour la formation de l'intelligence, on admet de plus en plus qu'elle ne se cultive pas comme un artichaut ou une aubergine, mais qu'elle est indépendante de nous et que c'est elle qui se charge de conserver précieusement ce qui nous servira plus tard, en rejetant les déchets inutiles.

Nous connaissons à un milliard ou deux près le nombre de neurones que comporte ce cerveau. Nous savons, sans en être sûrs, qu'à partir de l'âge de trente-cinq ans ceux-ci ne se renouvellent plus. Ce que nous ne savons pas, c'est leur rôle exact, et le rôle de ce qui en reste ensuite.

Beaucoup de découvertes, en effet, et d'œuvres d'art magistrales ont été faites par des hommes qui avaient dépassé l'âge de soixante-cinq ans et même de soixante-dix ans.

On dirait que ce que nous perdons d'un côté, nous le regagnons de l'autre. D'abord l'acquis essentiel ne disparaît pas, tandis que les souvenirs inutiles disparaissent. Ensuite, peut-être, mais ce n'est qu'une hypothèse, notre vieux cerveau tribal, comme l'appelle Jung, se renforce-t-il avec l'âge au lieu de s'affaiblir?

Pour moi, depuis ma jeunesse, et je ne dois pas être une exception, ces idées constituent une sorte de credo. Peut-être parce que je n'ai pas l'intelligence vive. En tout cas, ce petit livre tout usé de Charles Nicole m'est-il plus précieux que le reste de ma bibliothèque. J'avais cru l'avoir perdu. Ou plutôt je l'ai tant prêté dans ma vie que je me demandais si quelqu'un avait oublié de me le rendre. Je l'ai retrouvé récemment avec joie, comme celui d'un maître trop oublié par la plupart mais dont les idées, comme cela arrive si souvent, refont surface après de nombreuses années.

Jeudi 1ᵉʳ juillet 1976.

J'ai déjà parlé, je crois, des questions qu'avaient l'habitude, sinon la routine, de me poser les journalistes, aussi bien des quotidiens que des hebdomadaires, de la télévision ou de la radio, et je crois avoir souligné une constante.

Il y a en tout cas une question qui revient presque automatiquement :

— Maintenant que vous êtes à la retraite, quel est l'emploi de vos journées ?

Je leur réponds qu'il est à peu près invariable. Je me lève chaque jour à la même heure, sans avoir besoin de réveille-matin ; après avoir écouté les premières nouvelles de la journée, je prends ma douche et je fais ma promenade.

Toute ma vie, depuis l'âge de six ans, j'ai éprouvé le besoin, le plus tôt possible après mon réveil, de me jeter dans la vie, de me trouver à l'air plus ou moins frais selon la saison. C'est pour cela que je suis devenu enfant de chœur et servais la première messe à six heures du matin. C'est pour cela qu'ensuite, je suis allé me baigner dans la Meuse, été comme hiver, avec mon grand-père, avant de me rendre à l'école.

En somme, mon emploi du temps est une sorte de mécanique qu'un programmateur aurait pu établir. Notre petite maison rose est pleine d'horloges. J'ai la manie des montres. Et pourtant je ne regarde jamais l'heure. Je n'en ai pas besoin. Je la connais instinctivement.

Vers dix heures et demie ou onze heures du matin, je dicte. Avant cela, par téléphone, j'ai liquidé le courrier avec mon secrétariat.

Enfin, lecture rapide de la *Tribune,* le journal local. Déjeuner. Sieste. Repromenade. Quelquefois re-dictée. Lecture des magazines, puis, à sept heures exactement, dîner, lecture d'ouvrages plus sérieux et à neuf heures et demie je me mets au lit.

La plupart des journalistes à qui je donne cet emploi du temps me regardent d'un air un peu apitoyé et je sens qu'ils me plaignent de la monotonie de ma vie.

Or, combien d'hommes, de millions, de centaines de millions d'hommes, ont un emploi du temps identique chaque jour. Il n'y a pas que les O.S. et les employés à prendre l'autobus, le train ou le métro pour se trouver à l'usine ou au bureau à heure fixe. Il en est de même pour la plupart des grands patrons. Il en est de même aussi pour les avocats qui ouvrent leur cabinet à une heure déterminée et, à une heure déterminée aussi, se présentent au tribunal. La vie d'un médecin n'est guère différente, à la différence, cependant, que dans un certain nombre de localités ils sont souvent réveillés une ou deux fois par nuit pour une urgence.

Ce qui trompe les journalistes, c'est l'existence que mène un certain nombre d'écrivains. Pour préparer un roman, ils éprouvent le besoin d'aller rêver pendant quelques semaines ou quelques mois à Venise ou ailleurs, et, lorsqu'ils sont à Paris, ils courent les cocktails et les réceptions. En outre, ils se présentent le plus souvent possible chez leur éditeur pour connaître leur dernier tirage et, souvent aussi, pour protester contre le manque de publicité qu'on leur fait.

Ces gens-là, en réalité, vivent en marge du reste du monde, ce qui les empêche probablement de le comprendre. C'est aussi cette sorte de liberté apparente qui provoque le nombre toujours croissant de gens qui écrivent, ou qui chantent, ou qui peignent.

Je me sens, quant à moi, un individu normal, dont la vie

ressemble à celle de tout le monde. Et si, à soixante-treize ans, je dicte encore, je ne me sens plus l'énergie de porter des personnages à bout de bras.

Mais qu'on ne parle pas de monotonie! La vie des journalistes à qui j'entrouvre ma porte est plus monotone que la mienne. Ce n'est pas dans le découpage des heures de la journée que l'on trouve la plénitude. Ce n'est pas dans la fantaisie du moment, dans les cocktails, les réceptions et les visites aux éditeurs qu'un écrivain trouve sa vraie pitance. C'est dans le fait d'avoir une existence aussi proche que possible de la majorité de ses contemporains.

Vendredi 2 juillet 1976.

Nous avons tous commencé notre existence sous la forme d'un spermatozoïde. C'est une vérité que tout le monde connaît. Nous n'en gardons aucun souvenir. Nous étions pourtant des millions à nous battre farouchement, et il n'y en avait qu'un seul, le plus fort probablement, le plus agressif en tout cas, à avoir des chances de devenir un être humain, les autres disparaissant dans le néant.

D'une autre période, celle que nous avons vécue dans le ventre de notre mère, nous ne nous souvenons pas davantage, bien que de nombreux spécialistes s'efforcent de résoudre ce problème.

Or, déjà, notre destin est dessiné avec plus ou moins de précision et nous subissons des traumatismes qui auront des conséquences pendant toute notre vie. Nous commençons à pousser de la tête pour sortir de cette sorte de prison où nous étions enfermés. Et c'est alors qu'un monsieur diplômé qui s'appelle un obstétricien décide s'il devra nous aider dans cette sortie, en nous extrayant avec des sortes de cuillères qu'on appelle les fers, voire en ouvrant le ventre de la mère si nous ne paraissons pas assez vigoureux pour sortir par notre propre poussée.

C'est alors que les formalités commencent et que nous prenons place dans la société. Pour les chrétiens, de gré ou de force, puisque nous sommes incapables de protester, on fait, en nous aspergeant d'eau et en nous mettant du sel sur la langue, de nous des chrétiens. Pour la société, notre père ou un de ses amis est tenu d'aller nous déclarer à la mairie, avec le nom de la mère, du père, les prénoms que nous porterons toute notre vie, avec l'aide de deux témoins, souvent professionnels, que l'on va chercher dans le bistrot d'en face.

Je me souviens que quand mon premier fils, Marc, a reçu pour cadeau d'anniversaire une bicyclette, j'ai dû aller à la mairie acheter une plaque portant le millésime de cette année-là et que j'ai dû la renouveler année par année. Il en a été de même avec mes autres fils et avec ma fille, bien longtemps après.

Je ne parle pas des vaccins, que l'on nous inflige d'office, car certains d'entre eux sont obligatoires et sont même inscrits dans un carnet spécial que l'être humain est théoriquement tenu de garder toute sa vie.

Vient l'école maternelle, avec un monde nouveau et mystérieux pour l'enfant qui ne connaissait guère que sa famille proche, puis l'école primaire, puis ce qu'on appelle l'école moyenne (parfois on l'appelle supérieure pour flatter les parents). Le lycée, et, jusqu'à seize ans, l'enfant est tenu par des règles inflexibles, à étudier. Il peut alors, ou continuer ses études dans un but encore lointain et qu'il n'est pas toujours capable de comprendre, ou entrer en apprentissage.

Les classes sociales sont déjà dessinées. Il sait dès lors à laquelle il appartiendra et à laquelle il est plus ou moins condamné à appartenir toute son existence.

Pour exercer n'importe quelle activité aujourd'hui, il est nécessaire d'avoir passé par l'une ou l'autre de ces voies et de pouvoir le prouver par des diplômes. Sans papier officiel, il n'y a pas de travail. On continue à appartenir vaguement à la société sans y appartenir d'une façon réelle.

Mais ce n'est pas là que je voulais en venir et je n'émets aucune protestation, étant donné le genre de vie que la plus grande partie du monde a adopté.

Je suis en vacances. J'ai l'occasion d'observer de près, aux heures des repas ou à d'autres moments, des familles que je rencontre peu d'habitude, petits bourgeois, moyens bourgeois, et même parfois grands bourgeois.

C'est pour moi une fascination, je l'ai déjà dit, de regarder les yeux des parents, comme les yeux des enfants.

Mon impression la plus vive, et elle est très vive, si ironique paraisse-t-elle, c'est qu'à tous les papiers officiels qu'on nous demande pour être simplement des êtres humains, il n'y ait pas un papier supplémentaire, correspondant, par exemple, à des risques beaucoup moindres, comme le permis de conduire un vélo, une motocyclette ou une automobile.

Ce papier-là, bien plus utile pour le genre humain, serait le permis de procréer.

Que deux êtres quelconques, qui ont peut-être une hérédité déficiente, aient le droit de s'accoupler, j'en suis d'accord. Mais c'est justement parce que je suis un fanatique de la liberté individuelle que je me demande comment, dans des sociétés aussi élaborées et aussi étatiques que celle dans laquelle nous vivons, un homme ou une femme, de n'importe quel âge, de n'importe quel caractère, de n'importe quel degré d'intelligence ou de sensibilité, a le droit de mettre au monde un être humain qui, demain, devra prendre sa place dans la société, une place qu'il n'aura la plupart du temps pas choisie mais qui aura été déterminée par ses géniteurs.

On n'a pas le droit de conduire une moto ou une automobile sans permis, sans donner la preuve qu'on peut le faire avec le minimum de danger. Mais on a le droit de créer de petits êtres qui, au sortir du ventre de la mère, portent déjà les marques de ce qu'ils seront plus tard ou encore dont le destin dépendra de leur environnement, c'est-à-dire du caractère de cette mère et du père.

Aujourd'hui, des permis sont exigés pour tout, on passe des tests psychologiques pour obtenir le moindre emploi dans une entreprise quelconque. Mais chacun a le droit de faire des enfants et, par la suite, d'éviter ses responsabilités dès le jour où ils le mettent à l'école, fût-ce à l'école maternelle. On dirait que dès ce jour, l'État le prend en charge, non pas pour en faire un homme ou une femme mais un citoyen ou une citoyenne.

Il fut un temps, et l'iconographie nous le confirme, comme les rondes enfantines, où une petite fille de quatre ans, dans une ferme, était déjà gardeuse d'oies, de moutons, parfois de vaches. Il fut un temps aussi où les garçons de quatorze ans partaient faire leur tour de France pour apprendre un métier et, lorsqu'ils avaient terminé leur apprentissage, ils étaient devenus des artisans.

Il n'y a plus de petites gardeuses d'oies. Il n'y a plus de Compagnons du Tour de France. Et les apprentis, qui ont dû étudier jusqu'à seize ans des matières qui ne leur serviront à rien, se considèrent comme des citoyens de deuxième classe, sinon de troisième ou de quatrième.

Procréer n'est pas seulement un plaisir. C'est un acte grave, qui met en cause la personnalité et l'existence d'un individu.

Je suis contre tous les réglements. Je reste un individualiste incorrigible. Mais s'il faut des autorisations pour les moindres gestes de notre existence, s'il nous faut, dès le moment où nous sortons du ventre maternel, des formalités plus ou moins compliquées, s'il nous faut des permis ou des diplômes à chaque instant, je demande le permis de procréer, et pourquoi pas le diplôme de procréateur.

C'est autrement plus important qu'un permis de conduire!

Post-scriptum. Dans un certain nombre de pays, les candidats au mariage sont tenus de passer un examen médical prénuptial. On s'assure surtout qu'aucun des futurs époux n'est atteint qu'une maladie vénérienne. Quant à son état mental, à part une schizophrénie grave, quel est le médecin de médecine générale qui pourrait juger? Est-ce lui qui décidera si une jeune fille, un an ou deux ans plus tard, sera capable d'élever un enfant? Est-ce lui aussi qui décidera si un jeune homme atteindra une maturité suffisante pour prendre dans ce cas la relève et même, simplement, pour assumer ses responsabilités?

Même jour, 3 heures et demie,
alors qu'il fait très chaud, ce qui est peut-être une excuse
de ce qui suit.

— Pardon, Monsieur l'employé...
— Pas employé, inspecteur...
— Pardon, Monsieur l'inspecteur...
— Inspecteur de la Copulation... Vous désirez?
— Un enfant, Monsieur l'inspecteur.
— Un enfant adopté?
— Non, un enfant que je ferais moi-même.
— Vous avez les papiers attestant que vous possédez les
moyens nécessaires?
— J'ai une bonne profession. Je suis dessinateur indus-
triel.
— Pas de condamnations, de maladie grave, d'infirmité
quelconque?
— Voici les certificats.
— Votre père?
— Mon père a été un honnête homme toute sa vie. Il n'a
jamais mis les pieds en prison. Il n'a même jamais reçu un
procès-verbal pour la bonne raison qu'il ne possédait pas
d'automobile.
— Pourquoi?
— Parce qu'il n'en avait pas envie. Il préférait rouler à
vélo.
— Combien d'enfants a-t-il eu?

— Quatre, Monsieur l'Inspecteur. Un seul est mort en bas âge, de la scarlatine.

— Et les trois autres?

— Ils se portent magnifiquement. L'un d'eux est carreleur...

— Vous dites?

— Carreleur... Ma sœur est dactylo dans un bureau d'avocat...

— Pas d'enfants?

— Non. Elle est célibataire.

— Mais avec l'avocat?

— Pas à ma connaissance...

— Continuons.

— Mon autre frère est employé à la mairie.

— Ah! Cela devient plus intéressant. Combien d'enfants?

— Deux. Un petit garçon et une petite fille.

— Tous les deux avec permis?

— Tous les deux avec permis. Il avait des protections Vous comprenez, dans l'administration...

— Votre grand-père paternel?

— Il est mort il y a dix ans.

— Profession?

— Fermier.

— Donc, je suppose, illettré?

— Il lisait chaque jour le journal local.

— Combien d'enfants?

— Huit.

— Tous en vie?

— Sauf trois qui ont été tués à la guerre.

— Ils avaient leur carte d'électeur? Ils étaient en bonne santé? Je veux dire avant d'être tués...

— Ils étaient en très bonne santé et deux d'entre eux avaient des enfants.

— Avec permis?

— Les permis n'existaient pas encore.

— **Rien ne prouve non plus qu'ils remplissaient les**

conditions légales. Qu'est-ce que vous voudriez, un garçon ou une fille?

— De préférence un garçon, mais je me contenterai fort bien d'une fille.

— Et votre femme?

— Ma femme, quoi?

— Appartient-elle à une famille nombreuse?

— Non. Elle était fille unique. Ou plutôt elle avait un frère mais il a émigré en Australie et on n'a plus de nouvelles de lui.

— Ha ha ha! Voilà qui est curieux, n'est-ce pas?

— Nous avons bien reçu deux ou trois lettres. Puis il s'est marié. On nous a dit qu'il était heureux là-bas et qu'il avait des enfants.

— Avec permis?

— Je ne sais pas si le permis existe en Australie. En tout cas, il ne nous a donné aucune raison de nous faire du souci.

— Personne en prison?

— Non.

— Personne à l'hospice?

— J'ai une vieille tante qui est incurable et qui se trouve en effet dans un hôpital proche de son village.

— Combien d'enfants?

— Qui?

— La vieille tante.

— Je crois qu'elle en a eu un peu plus de la demi-douzaine mais nous les avons perdus de vue.

— Donc les liens familiaux ne sont guère resserrés entre vous?

— Vous savez comment ça va. On habite des endroits différents. On s'écrit une lettre de temps en temps, surtout à Noël et au Nouvel An...

— Votre femme aime les enfants?

— Elle aimerait, en effet, en avoir au moins un.

— Un seulement? Pourquoi?

— Peut-être pour essayer. Le goût d'en avoir d'autres lui viendra peut-être.

— A-t-elle travaillé dans une pouponnière?

— Pas que je sache.

— Quels sont ses goûts?

— En matière d'enfants?

— Je vous demande quels sont ses goûts en général.

— Elle aime surtout le mauve.

— A-t-elle des crises d'impatience?

— Comme toutes les femmes, je suppose, surtout à une certaine période du mois.

— Que comptez-vous faire de votre enfant?

— C'est difficile à dire si longtemps à l'avance. Surtout quand je n'ai pas encore mon permis.

— Avez-vous une idée de la profession que vous voudriez lui voir adopter?

— J'aimerais qu'il gagne assez bien sa vie, même modestement, et qu'il soit heureux à son tour comme je le suis, ou plutôt comme je le serai quand j'aurai un fils.

— Vous voyez, vous venez de vous couper. Vous avez dit un fils. Vous n'avez pas dit une fille. Donc, c'est un fils que vous voulez.

— Un fils ou une fille... Peu importe. Et, à vous parler franchement, j'aimerais en avoir plusieurs...

— Des jumeaux? des triplés?

— Je les vois plutôt venir chacun à leur tour.

— Vous faites souvent l'amour, votre femme et vous?

— Normalement, quand l'envie nous en prend. Mais je vous jure, sur la tête de mon père, que nous suivons toujours les instructions de l'article 47.

— Laissez-moi votre dossier. N'oubliez pas les feuilles réglementaires concernant les parents et grands-parents de votre mère. Vous repasserez dans un mois.

(Sévèrement):

— Mais, d'ici là, s'il vous arrive de copuler, n'oubliez pas l'article 47.

— Merci, Monsieur l'inspecteur de la Copulation.

Samedi 3 juillet 1976.

Revenant de ma promenade matinale, je me réjouissais de dicter. Hier, comme les autres soirs, au moment de m'endormir, il m'est venu des embryons d'idées, plutôt des images, que j'avais hâte de transcrire sur ma bande magnétique.

Je m'étais d'ailleurs fort amusé l'après-midi. En effet, j'ai retrouvé mon état d'esprit de jeune homme de quinze ans qui se moquait de tout, même des choses qui passent pour les plus sacrées, et qui se croyait destiné à une carrière d'humoriste.

Le premier roman que j'ai écrit, d'ailleurs, un an plus tard, c'est-à-dire à seize ans, *Au Pont des Arches* portait en sous-titre « Petit roman humoristique ».

Or, je ne suis pas devenu un humoriste, bien au contraire, quoique les critiques anglo-saxons, contrairement aux critiques français, me reconnaissent le sens de l'humour.

Il est vrai que l'humour varie d'un pays à l'autre et que ce qui fait rire le spectateur d'un cabaret de Paris laisse le plus souvent froid Anglais ou Américains, tout comme ce qui fait rire à gorge déployée un Allemand paraît plat et vulgaire à un Français.

Toujours est-il que, comme les vaches montent à la même heure, chaque jour, à l'abreuvoir, je me trouve devant mon micro sans avoir rien à dire. Mes images d'hier soir sont embrouillées, si compliquées que je ne m'y retrouve pas. Il est vrai que la chaleur a de quoi abrutir, ce qui est mon cas, et qu'en outre la période que nous traversons, celle des vacances, a de quoi dérouter. Tout bouge, tout le monde bouge.

On retrouve les mêmes gens à Téhéran, à Bombay ou en Ouganda. Ces gens sont emmenés, comme du bétail, dans des avions spéciaux. On les enfourne dans des cars spéciaux. On les couche comme on peut dans les hôtels spéciaux et on leur montre à tous les mêmes curiosités qui, à la différence de construction près, minarets, mosquées, temples boud-dhiques, que sais-je encore, finissent par s'embrouiller dans la tête des spectateurs qui n'y comprennent rien.

J'ai accompli les mêmes périples il y a plus de quarante ans, bien avant les avions de grande ligne. Aujour-d'hui, je n'ai plus besoin de sortir de chez moi ou du petit hôtel proche de Lausanne où je me suis réfugié pendant les vacances.

Les marchés indigènes que l'on montre aux touristes n'ont pas changé. Il n'y a de changé que leur entourage, fait d'hôtels gigantesques qui, dans le monde entier, n'appar-tiennent qu'à deux ou trois chaînes et qui se ressemblent tous.

Dans mon petit hôtel presque de banlieue, j'ai au moins l'avantage de voir de près des gens que je ne rencontre pas d'habitude, des petits bourgeois, des moyens bourgeois, quelques jeunes cadres, les uns avec leur femme, parfois avec leurs enfants, les autres avec leur maîtresse.

Il en est qui viennent de Hollande, de Belgique, d'Italie, d'Angleterre.

Comme les grands hôtels internationaux, ils se ressem-blent tous : ce sont des hommes, des femmes, des enfants.

Ils ne se rendent pas compte que le fait de venir d'ailleurs, d'avoir parcouru des centaines de kilomètres au volant de leur voiture ne les a pas changés et qu'ils ne trouvent pas non plus devant eux des êtres différents d'eux-mêmes.

Je serais tenté de dire le contraire. On aurait pu penser

que cette allée et venue incessante d'êtres trimballés d'un pays à un autre, d'un climat à un autre, passant quelques heures parmi un peuple que le pittoresque exige d'être différent, aurait transformé la mentalité des habitants de chaque nation, en leur apprenant que ceux des autres nations ne sont pas essentiellement différents d'eux.

Aux États-Unis, où j'ai vécu longtemps, un fils d'immigrants italiens, grecs, hindous, chinois, n'est pas considéré comme un étranger. Quelques années ont suffi à en faire un Américain cent pour cent. Ils ont apporté chacun certains particularismes et ces particularismes eux-mêmes, y compris les particularismes culinaires, dont il est si dangereux de parler en France, sont devenus eux aussi américains, comme la pizza, les spaghetti, la cuisine chinoise, et même, mais oui, les cuisses de grenouilles.

De l'Est à l'Ouest, du Nord au Sud, vit un magma de races qui auraient pu s'opposer les unes aux autres. Elles l'ont fait pendant un certain temps. Aujourd'hui, on pourrait dire qu'elles forment un tout, à cause de ce qu'ils appellent : the american way of life.

Ce qui signifie en somme la façon de vivre des Américains.

Le touriste, lui, ne veut voir que les différences, car il tient à en avoir pour son argent, c'est-à-dire à découvrir du pittoresque malgré tout.

De sorte que l'on assiste, au moment où les peuples devraient se rassembler, à des racismes plus féroces que jamais et même à des particularismes que l'on avait oubliés. La Corse, la Bretagne, l'Alsace se découvrent. Il en est de même, hélas, dans d'autres pays du monde, où l'on ne se contente pas de quelques bombes et d'une douzaine de morts, mais où l'on se mitraille avec les armes les plus modernes, fournies, bien entendu, par les pays qui se considèrent comme les plus civilisés.

Qu'on ne s'étonne pas que ma dictée d'aujourd'hui soit quelque peu brumeuse, comme la brume de chaleur qui a envahi l'Europe depuis plusieurs semaines déjà et qui vaudra sans doute à l'année 1976 le titre d'année record.

Beaucoup s'en réjouiront de passer ainsi dans l'histoire. On a les records que l'on mérite.

Deux anecdotes qui me reviennent à l'esprit pourraient s'intituler « De la relativité de la justice ».

Les deux histoires sont vieilles d'environ quarante ans, se passaient dans un petit village français.

La première met en cause une sorte de géant gras, vulgaire, à la fois obtus et malin, qui de valet de ferme était devenu le propriétaire d'environ cent cinquante hectares. Autrement dit, il était l'homme riche du pays. Il était aussi très avare et il employait la main-d'œuvre la moins chère possible, et l'un de ses moyens consistait à embaucher des pupilles de l'Assistance Publique.

Il était laid. Il était puissant, orgueilleux.

L'une de ces pupilles, qui avait un peu plus de quatorze ans, a attisé ses désirs d'homme plus que mûr. Il l'a possédée, de force. Ce qui n'a pas dû être difficile car l'enfant était terrorisée. Elle ne s'est plainte à personne. Les pupilles de l'Assistance se plaignent rarement en France, car ils savent qu'ils auront rarement raison.

Toujours est-il que cela s'est su, que plainte a été déposée par je ne sais plus qui, avec preuves à l'appui. La petite fille n'a pas nié, au contraire. Elle a même donné des détails précis.

Non seulement le gros fermier n'a pas été poursuivi, mais l'enfant a été envoyée dans une maison de correction.

Cette histoire, je l'ai vécue de près. Je puis donc garantir son authenticité. Le fermier doit être mort à l'heure actuelle, car il avait déjà un certain âge à cette époque. Mais qu'est devenue la petite fille que l'État avait recueillie et qu'il se devait de placer dans les meilleures conditions possibles?

L'autre histoire a eu lieu, à peu près dans le même temps, et dans le même village. Une Polonaise, mère de cinq ou six enfants dont elle ne connaissait pas les pères, recevait, si je puis dire, à cuisses ouvertes les habitants du lieu. Elle n'était pas intelligente. Je pourrais dire qu'elle était ce qu'on appelle une retardée.

Il y avait un vieux maire libidineux qui lui rendait volontiers visite. On écartait les enfants comme des mouches inopportunes et on s'accouplait. C'était simple. Cela ne choquait personne, d'abord parce qu'il s'agissait d'une Polonaise, donc d'une étrangère, ensuite parce qu'elle était simplette.

Un soir, le maire, pris de boisson comme tous les soirs, eut l'idée d'emmener cinq ou six amis chez la femme en question. Et là, on trouva drôle de faire l'amour à tour de rôle, avec des entractes qui consistaient à lui enfoncer le goulot d'une bouteille de vin rouge dans le vagin, le vin remplaçant l'eau pour l'injection.

Cela dura jusqu'au matin. Toute retardée qu'elle était, la fille poussait parfois des hurlements mais les voisins ne s'en préoccupaient guère. Le matin, il fallut appeler le médecin, qui était un de mes amis.

Cet honnête docteur fit son rapport à la gendarmerie. Il existait des lésions qu'on ne pouvait cacher. Une enquête fut ouverte. En fin de compte, trois des participants furent poursuivis et condamnés à d'assez légères peines de prison. Les autres, le maire et deux compagnons d'orgie, qui étaient des notables, n'ont même pas été cités.

C'est tout. Un simple souvenir qui me revient d'un passé resté vivant dans mon esprit.

Même jour. Quelques minutes après.

Suite à ce qui précède. Il ne s'agit plus de trente ou quarante ans mais il s'agit d'aujourd'hui. Je voudrais reproduire la sténographie, mais elle n'existe jamais, de l'interrogatoire d'une jeune fille ou d'une jeune femme qui vient de se faire violer et qui a eu le mauvais goût de s'adresser à la police.

Je passe sur les questions préliminaires : âge, profession, etc.

— Avant ce viol prétendu étiez-vous vierge?

— (Après un moment d'hésitation) Non.

— Avec combien d'hommes avez-vous fait l'amour?

— Seulement avec mon ami.

— Votre ami était-il votre fiancé officiel?

— Nous avions l'intention de nous marier, mais nous n'en étions pas encore trop sûrs.

— Vous n'avez pas eu de contact avec d'autres hommes?

— Qu'est-ce que vous appelez des contacts?

— D'autres hommes vous ont-il caressée?

— Je crois que toute fille a été plus ou moins caressée.

— Je parle des caresses dans des endroits bien déterminés.

— Dans ce sens-là, non.

— Mais vous aviez déjà joui?

— Avec mon ami, oui.

— Pour quelle raison avez-vous fait de l'auto-stop?

— Il paraît que depuis quelques années les femmes ont les mêmes droits que les hommes. Les hommes aussi font de l'auto-stop et cela ne signifie pas qu'ils soient pédérastes.

— N'aviez-vous pas peur?

— Les rares fois qu'il m'est arrivé de faire de l'auto-stop parce que j'avais raté mon bus à la sortie de l'usine, je me suis toujours sentie nerveuse mais je voulais faire confiance à la personne qui conduisait.

— Quelle attitude avait cet homme?

— Il m'a donné l'impression d'un brave père de famille, ce qui m'a rassurée.

— Que s'est-il passé ensuite?

— Il a soudain tourné dans un chemin de traverse, en me posant la main sur la cuisse.

— Vous avez crié?

— Personne n'aurait entendu.

— Alors, vous étiez consentante?

— (Violemment) Non!

— Vous ne vous êtes pourtant pas enfuie?

— J'aurais été en peine de le faire. Il avait bloqué la portière de mon côté.

— Il a usé de violence envers vous?

— Si vous appelez user de violence, il m'a renversée sur le siège et, dans son impatience, a déchiré le bas de ma robe.

— Vous en êtes certaine?

— Ma robe a été versée au dossier.

— Cela ne prouve pas que vous ne l'ayez pas déchirée vous-même.

— Pourquoi l'aurais-je fait?

— Pour faire croire à un viol. Qu'a-t-il fait ensuite?

— Il m'a arraché ma culotte, si violemment que mes deux pieds ont été déchaussés.

— Vous vous êtes défendue?

— Autant qu'une femme peut se défendre dans ces conditions-là. Il s'est écrasé sur moi et je n'ai plus eu la possibilité de bouger.

— En avez-vous ressenti du plaisir?

— (Violemment) Non, une immense honte et une telle colère que je lui ai égratigné la figure. Cela vous permettra peut-être de le reconnaître.

— Qu'avez-vous fait ensuite?

— Moi? Je n'ai rien fait. J'étais presque inerte. Il m'a en quelque sorte jetée de la voiture au bord du chemin et la voiture s'est éloignée.

— Ensuite?

— Quand j'ai repris un peu de forces, je me suis mise à marcher. Je ne savais même pas exactement où j'étais. J'ai trouvé une ferme isolée et je m'y suis présentée.

— Pourquoi n'avez-vous pas dit ce qui venait de vous arriver.

— Parce que j'avais honte.

— Honte de quoi? De votre passivité?

— Non, de ce que je venais de subir.

— Qu'avez-vous raconté au fermier?

— Ce n'était pas le fermier qui était là, c'était la fermière. Je lui ai dit que j'étais tombée de bicyclette et que je voulais regagner en hâte le premier village.

— Vous avez donc menti?

Silence.

— Qui vous a conduit à la gendarmerie?

— Le camion qui passait pour la récolte du lait.

— Et là, vous avez dit la vérité au brigadier qui vous a reçue?

— C'est exact.

— Pourquoi à lui et pas à la fermière qui vous avait recueillie?

Pas de réponse encore. Pas de réponse non plus aux autres questions. L'affaire, faute de preuves, car on n'a pas retrouvé, si on l'a cherché, l'homme aux égratignures, a été classée. J'ignore quelle a été ensuite l'attitude du fiancé. Mais ceci explique que, sur des milliers de viols qui se produisent chaque année en France, il n'y en a qu'un faible pourcentage sur lesquels la justice a à se pencher.

Même les parents sont complices. Ils préfèrent que leur

fille se taise, car cela pourrait lui faire rater un beau mariage et la marquer pour la vie.

Dans l'État du Connecticut, aux États-Unis, où j'ai habité longtemps, il est strictement interdit à tous les automobilistes de prendre un auto-stoppeur ou une auto-stoppeuse. Personnellement, je considère la mesure comme salutaire.

J'ai une nouvelle montre.

N'est-il pas naturel que je m'en réjouisse avec exubérance? On trouve normal qu'un enfant saute de joie lorsqu'il reçoit un nouveau jouet. Pourquoi cela serait-il interdit aux vieillards?

Je n'ai pas sauté, car cela aurait paru ridicule. Je n'en ai pas moins ressenti une joie enfantine.

Cette montre, je ne l'attendais plus. Il y a quelques jours, comme par hasard, je parlais de ma passion pour les horloges et pour les montres.

Voilà environ six ans, on a inventé la montre à quartz. Je me suis adressé à mon fournisseur habituel, qui fabrique, dit-on, les montres les plus précises du monde. Je lui ai demandé quand il sortirait à son tour une montre à quartz comme on commençait à en voir sur le marché. Il m'a répondu avec dignité :

— Quand elle sera au point.

J'ai essayé de savoir combien de temps cela prendrait mais il a préféré rester vague. Je lui ai dit que, dès qu'il en aurait une au point, à laquelle je puisse me fier, il ait la gentillesse de me le faire savoir.

C'est arrivé hier. Il ne s'agit pas d'une montre à l'aspect luxueux ni extraordinaire. A vrai dire, elle ressemble plutôt à une montre comme on en trouve dans les magasins à prix unique et c'est une des choses qui m'enchante.

Elle n'en est pas moins d'une précision absolue, comme l'horloge à quartz que le même fournisseur m'a vendue, il y a plus de six ans, et qui ne varie pas de plus de vingt-huit millièmes de secondes par année. Il n'y a pas besoin de la remonter, de la remettre à l'heure. Elle est là, vivante, qui marque tous les moments de nos journées.

C'est peut-être pourquoi j'ai la passion des montres et des horloges. Elles vivent avec nous. Je ne dirai pas qu'elles nous imposent leur rythme, mais ce rythme, petit à petit, semble se mettre au même diapason que le nôtre.

C'est Aitken qui m'a apporté la montre car, pendant les vacances, si près que je sois de Lausanne, je n'y mets pas les pieds. Elle m'a apporté aussi deux heures et demie de travail que j'ai accompli avec plus ou moins d'enthousiasme.

Le courrier m'intéresse de moins en moins, surtout le courrier d'affaires, si je puis dire, encore que je ne sois pas un homme d'affaires mais, même l'écriture, même les dictées, ont leurs servitudes.

Ce qui m'intéresse, en réalité, ce sont les lettres de lecteurs, car c'est le seul contact direct avec ceux qui me lisent. Je leur réponds presque toujours, pas longuement, certes, mais assez pour établir un dialogue.

Cela, aujourd'hui, était en seconde place. J'ai une nouvelle montre à mon poignet et, même en dictant, j'ai un plaisir profond à la regarder.

Je souhaite à chacun des petits plaisirs de ce genre, qu'ils soient jeunes ou qu'ils soient vieux. Ce qu'est un caramel ou une crème glacée pour un enfant, une simple montre bon marché ou une nouvelle pipe.

Pour les uns comme pour les autres, c'est un bonheur passager peut-être, mais un bonheur quand même, et nous n'avons jamais assez de ces petits bonheurs pour remplir notre vie.

Les grands bonheurs ne sont pas donnés à tous. Les petits bonheurs, si petits soient-ils, sont à portée de la main et finissent, mis bout à bout, à nous donner de la joie et surtout la sérénité.

Post-scriptum. Lorsque, il y a six ans environ, comme je viens de le dire, mon bijoutier m'a annoncé qu'il se passerait probablement des années avant que sa montre soit au point, j'ai ressenti une certaine mélancolie. Je me suis dit, en effet, que je ne la verrais peut-être jamais.

Cet après-midi, elle est là. Comme quoi il ne faut jamais présumer de l'avenir et se fixer des limites qui existent, certes, mais que nous sommes dans l'impossibilité de prévoir.

Mercredi 7 juillet 1976.

Ce matin, comme les autres matins, j'ai passé dans mon lit une heure délicieuse. La plupart du temps, je n'entends pas Teresa se lever. Elle prend tant de précautions pour ne pas m'éveiller qu'elle y parvient.

Il n'empêche que, quelques minutes plus tard, ma main tâte machinalement les draps à la place qu'elle occupait. Je sais donc qu'elle est allée prendre son bain. Je me rendors à moitié. Il m'arrive même de penser, ce qui est rare de ma part, mais ce sont des pensées floues, entre la veille et le sommeil. La lumière, ici, traverse les persiennes et les rideaux, d'une façon aussi diffuse que mon cerveau, et depuis que nous sommes en vacances, cette lumière, tous les matins, est d'un or doux.

Or, ce matin, je l'avoue sans honte, j'ai eu envie deux ou trois fois, comme un enfant qui a reçu un beau jouet, de me relever pour aller regarder ma nouvelle montre.

Si je ne l'ai pas fait, ce n'est pas par crainte du ridicule, puisque personne ne l'aurait su, mais plutôt par paresse, car cette heure-là, chaque matin, est l'heure la plus paresseuse de ma journée, et que j'attends confusément, souvent profondément endormi, le moment où Teresa viendra en souriant me réveiller.

Même à ce moment-là, une sorte de pudeur m'a empêché de regarder tout de suite ma montre. J'ai attendu un long moment. J'y ai d'abord jeté un coup d'œil en apparence indifférent. Puis enfin, toujours comme un enfant, j'ai donné libre cours à ma joie.

Ce n'est pas un événement. Ce n'est peut-être pas digne de figurer dans cette chronique dictée. Pourtant, ça me paraît avoir sa signification.

Cet élan instinctif vers un cadeau de la veille, un cadeau que je me suis fait à moi-même, comme cela m'arrive de loin en loin, montre qu'à soixante-treize ans et demi on a gardé, quoi que les jeunes en pensent, les enthousiasmes et les élans de leur âge. Que dis-je? Mes enfants ajoutent moins de prix à n'importe quel cadeau que je puis leur faire, que j'en attache à ceux qu'il m'arrive de m'octroyer à moi-même.

Naïveté? Peut-être. Mais je crois que des millions d'hommes ou de femmes de mon âge ont gardé cette naïveté de l'enfance et c'est peut-être pourquoi ils sont arrivés, cahin-caha, à devenir des vieillards, à atteindre le stade de la vieillesse.

Il fut un temps, lorsque j'étais jeune, plein d'ambitions, je me considérais comme indifférent aux petites choses de la vie. En tout cas, même si ce n'était pas la vérité profonde. je jouais l'indifférence, voire un certain cynisme.

La vie m'a appris à abandonner cette attitude, à retrouver mon état d'innocence, à ne pas cacher mes émotions, peines ou joies, autrement dit à accepter pleinement ma nature d'homme.

J'ai fini par aller regarder la montre et, maintenant que je la porte au poignet, je regarde l'heure dix fois par jour de plus que je ne le faisais d'habitude.

Même jour. Cinq heures de l'après-midi.

Aujourd'hui midi, mon fils Pierre est venu déjeuner avec moi avant son départ, en compagnie de Johnny, pour la Martinique et la Guadeloupe où ils vont passer un mois de vacances.

Je serais bien en peine de dire comment la conversation, contrairement à l'habitude, s'est dirigée vers la politique ou ce qui en tient lieu.

En Suisse, le lycée se fait en deux parties, dans des établissements différents. Il y a d'abord le collège, qui dure six ans. Ensuite, on entre au gymnase, déjà plus ou moins semi-universitaire, où l'on passe deux ou trois ans avant d'obtenir son bac.

Pierre en est à sa première année du gymnase et j'avoue que, malgré les surboums, dont il ne rate pas une, il obtient des résultats exceptionnels.

Non seulement le collège, en Suisse, est gratuit, mais les livres sont fournis par le canton et, pour les élèves qui habitent à une certaine distance, le tramway ou le train qu'ils ont à prendre pour s'y rendre leur est remboursé.

Lorsque Pierre était au collège, il était plutôt un révolté. Il parlait de ses professeurs comme de savates encroûtées dans des idées vieilles de cinquante ans. Quant à ses condisciples, c'était tous, comme il disait, des fils de bourgeois encroûtés, eux aussi, dans une société rétrograde.

Lorsque je lui ai demandé s'il y avait des fils d'ouvriers ou de paysans dans sa classe, il m'a répondu :

— Un.

Je m'en souviens fort bien. Il y a deux ans environ, mettons trois. Pierre signait tous les manifestes anticonformistes et suivait les cortèges contestataires.

J'ai eu la stupeur, aujourd'hui midi, de trouver devant moi un garçon qui, à dix-sept ans, a déjà renié toutes ses idées et qui convient à peine qu'il les a eues.

Nous avons parlé peu ou prou de la politique nationale ou internationale. Je me suis aperçu qu'il était devenu un « béni-mais-oui » et qu'il était prêt, malgré les blue jeans qu'il porte encore, à adopter des complets conventionnels, un faux col et une cravate. Il s'est déjà fait couper les cheveux.

La majorité de la population plaint les familles bourgeoises dont un des enfants se révolte contre les règles de leur milieu. J'ai eu, moi, un serrement de cœur, de voir, si jeune, un de mes fils passer à l'ennemi.

Je ne sais plus qui, au siècle dernier, a dit à peu près :

— Celui qui n'a pas été anarchiste à vingt ans ne mérite pas de devenir un bourgeois prospère à cinquante.

Je ne souhaite pas qu'un de mes enfants devienne un bourgeois prospère. Mais j'aimerais sentir en eux la révolte inhérente à la vingtième année, à la jeunesse, l'ironie tout au moins devant les idées reçues et un bouillonnement d'idées nouvelles, quelles qu'elles soient, quelle que soit leur utilité.

Je me sens presque coupable et pourtant, dès leur plus tendre enfance, j'ai essayé de leur enseigner le non-conformisme. Ils n'ont pas reçu une éducation dite bourgeoise. On ne leur a pas appris les règles du savoir-vivre conventionnel.

Ces règles, d'ailleurs, ils les rejettent l'un comme l'autre au moment où elles les gênent aux entournures et où elles diminuent un tant soit peu leur liberté. Seulement, en ce qui concerne le petit peuple qui les entoure, ils n'ont pas de mépris, certes, mais c'est pis : ils l'ignorent.

Leur vie est centrée sur eux-mêmes, sur leur avenir, sur leur bien-être présent et futur.

Il y a un mot qui manque à leur vocabulaire; c'est le mot : générosité.

Je pourrais en ajouter un second, mais, celui-là, ils ne l'apprendront que beaucoup plus tard, c'est : compréhension.

J'ai eu le tort d'avoir, comme on dit, réussi dans la vie. Il y a des moments, et ils sont nombreux, où je le regrette. Si mes enfants avaient été élevés plus modestement et même pauvrement, ils seraient peut-être, comme je l'ai été à leur âge et comme je le suis encore à soixante-treize ans, des révoltés.

Jeudi 8 juillet 1976.

J'ai beaucoup d'amitié pour lui. C'est le plus petit chroniqueur de France par la taille et le plus grand par celle de sa voiture, ce qui compense.

Il m'a interviewé pour la première fois, tout jeunet, à une terrasse de Cannes, en 1955 et ma sympathie est venue tout d'abord de ce qu'il m'a rappelé, par son âge et par son agressivité, mes premières années de journalisme à la *Gazette de Liège.*

Depuis, il est venu plusieurs fois m'interviewer à mes différents domiciles. Il a toujours été fort gentil avec moi, ce qui est rare de sa part. Mais, avec le succès, il a décidé de ne plus téléphoner lui-même et les interviews par téléphone, qui sont fréquents, sont faits par des collaborateurs anonymes dont on ne reconnaît jamais la voix. Il doit en avoir un grand nombre.

Si je parle aujourd'hui de cette toute petite affaire, c'est qu'elle montre l'influence toujours plus étendue de la presse en même temps que le manque de sérieux des informations qu'elle publie.

Je peux en témoigner de première main, car je suis souvent le sujet de ces informations et, neuf fois sur dix, elles sont fausses ou déformées.

Il y a deux mois environ, j'ai décidé, à la suite de la création, à l'Université de Liège, d'un « Centre d'Études Georges Simenon », que plutôt que de voir mes manuscrits, mes éditions originales, mes livres dans un grand nombre de langues dispersés plus tard, d'en faire un legs à cette Université de Liège qui, deux ou trois ans plus tôt, m'avait fait l'honneur de me nommer docteur *honoris causa.*

Cela demandait de nombreuses formalités. Je ne voulais, pas plus que l'université, diffuser la nouvelle avant qu'elle ne soit définitive.

Par un petit bulletin confidentiel publié à Liège et que je n'imaginais pas qu'il arriverait à Paris, la nouvelle a été divulguée.

Aussitôt, coup de téléphone, non par mon ami chroniqueur, mais par un de ses nombreux sous-ordres. Celui-ci, qui n'a probablement jamais lu un de mes livres, me demande de lui confirmer ce legs, ce que je suis bien obligé de faire. Je ne fournis aucun détail. Les détails, il se chargera de les inventer.

Y compris celui qui, je l'avoue, m'irrite le plus : il ne s'agit plus d'un Centre d'Études Georges Simenon. Il s'agit d'un Centre d'Études du Roman Policier.

Et c'est là que j'ai pu juger du retentissement quasi mondial d'une information erronée. Depuis cet article, en effet, je reçois par l'Argus de la Presse, des monceaux de coupures de journaux, aussi bien français qu'étrangers, qui reprennent cette information fausse.

Il n'a jamais été question de roman policier. Il s'agit d'un Centre qui mettra à la disposition des chercheurs, surtout de ceux qui préparent une thèse sur mon œuvre, celle-ci et tous les documents possibles à leur disposition, sans qu'ils aient besoin, chacun, d'entreprendre de longues recherches personnelles.

Une interview par téléphone, faite par un sous-fifre quelconque que je ne connais pas et qui ne me connaît pas. Dans son esprit, parce que je suis l'auteur des Maigret, il ne peut être question que de recherches sur le roman policier en général.

Or, je ne me suis jamais considéré comme un romancier

64

policier. Les vrais critiques non plus. La plupart de mes lecteurs de n'importe quel pays non plus.

Les journaux sont fabriqués ainsi. Alors, je les lis avec scepticisme, et je me demande ce qu'une fausse nouvelle de cette sorte, ou plutôt une déformation aussi flagrante, s'appliquant à un domaine de politique internationale, aurait créé comme troubles graves.

Je respecte les journalistes et je respecte leur métier. Mais n'auraient-ils pas le devoir, avant d'annoncer une nouvelle qui sera reprise par les agences internationales et par une majorité de journaux, de s'assurer que cette nouvelle est exacte et peser, *avec compétence,* la forme de leur « papier ».

J'en demande pardon à mon ami le petit chroniqueur à la grande voiture. Je préférerais sa voiture un peu plus petite, à sa taille, mais un plus grand sens de ses responsabilités.

Lorsque je suis revenu des États-Unis en 1955, après un séjour d'un peu plus d'une dizaine d'années pendant lequel je me suis parfaitement adapté à la vie à l'américaine, j'ai demandé à un ami médecin que je retrouvais après si longtemps s'il existait en France ou en Europe une clinique du genre de la fameuse Clinique Mayo, de l'autre côté de l'Atlantique.

La Clinique Mayo n'est pas un hôpital. C'est un centre extrêmement important où les Américains, vers la quarantaine ou la cinquantaine, vont se faire faire un *check-up* par les meilleurs spécialistes.

Ils y restent huit jours ou deux semaines, selon les cas. Quand ils en sortent, ils ont entre leurs mains une description de l'état de tous leurs organes et, éventuellement, des dangers qui les guettent dans l'avenir.

Mon ami m'a répondu qu'aucune clinique de ce genre n'existait, en France en tout cas, et que les médecins sont faits pour soigner les malades et non pour dépister longtemps à l'avance les maladies possibles ou probables.

J'ai vu deux ou trois autres médecins. Ils m'ont répondu à peu près la même chose, considérant comme une fantaisie ou une exploitation commerciale ce qu'on appelle le *check-up*.

Les temps ont changé depuis. Des cliniques se sont créées, moins bien outillées que la Clinique Mayo, mais qui acceptent quand même d'établir une sorte de bilan de votre santé au moment où vous passez votre examen.

Je me souviens d'un médecin américain qui, lorsque j'avais cinquante ans environ, lorsque je lui ai demandé si je ne courais aucun risque à continuer à fumer la pipe à longueur de journée, m'a déclaré franchement :

— Ou bien le travail est déjà en cours (il parlait bien entendu du cancer des poumons) et dans ce cas cela ne changera rien que vous cessiez ou non de fumer. De toute façon, il est trop tard.

Il y a près de trente ans de cela et je continue à fumer comme avant, quitte à mourir un jour comme tant d'autres d'un cancer aux poumons, qui me viendra peut-être de mes premières pipes à l'âge de treize ans.

Si j'évoque ces souvenirs aujourd'hui, c'est que j'ai atteint l'âge où l'on ressent parfois de petits malaises, difficiles à localiser, et qui font hausser les épaules à mes médecins. Or, il en est de beaucoup de maladies comme du cancer aux poumons. Elles commencent d'une façon sourde, que l'on prend pour un rhume ou pour un refroidissement, pour une entorse ou pour un coup qu'on s'est donné dans l'embrasure d'une porte.

J'en suis persuadé, la plupart du temps ces bobos peuvent avoir un sens et constituer un avertissement.

A quarante ans, on n'y pense pas. A cinquante ans non plus. Mais un moment vient où l'on se rend compte qu'il faudra bien mourir un jour et qu'on a dépassé la moyenne de l'âge de l'homme.

Cela devient alors une devinette. Par où partirai-je? Quel sera l'organe, en apparence parfait aujourd'hui, ou légèrement imparfait, qui cèdera le premier ?

Les médecins n'aiment pas répondre à ces questions-là. Surtout en Europe, où on n'avoue jamais la vérité aux malades, comme le prouve l'ultime plaisanterie de Sacha Guitry qui disait mélancoliquement sur son lit de mort :

— Je meurs d'être trop bien portant.

Nous sommes des millions de vieillards à nous poser la

même question lorsque nous détectons la moindre sensation qui nous semble anormale. Un tiraillement entre les côtes? Le cœur? Non cela ne peut pas être le cœur, puisque les tiraillements se font sentir du côté droit. De légères douleurs sous les côtes? Non. Le foie est à droite et le cœur à gauche.

Des ballonnements d'estomac et de l'abdomen?

Les radiographies montrent que l'estomac est indemne, tout comme l'intestin, et qu'il ne s'agit que d'aérophagie.

Le médecin vous dit alors gravement :

— Vous êtes un neuro-végétatif, ce qui veut dire en langage courant que vous êtes trop sensible aux émotions.

Alors, quoi? Il faudra bien mourir de quelque chose, à moins de vivre près de cent ans, de se dessécher petit à petit et de s'endormir sans le savoir du sommeil du juste. Mais cette chance n'est donnée qu'à un tout petit nombre.

Je crois à la médecine. Je crois au check-up minutieux des frères Mayo. Je crois que, dans bien des cas, même si leurs découvertes sont inquiétantes, il y a aujourd'hui des techniques qui permettent de remédier à nos défectuosités physiques.

C'est en tout cas ce dont les journaux et magazines, même les revues médicales les plus sérieuses, essaient de nous convaincre.

Il m'arrive, le soir, avant de m'endormir, de me tâter ici ou là, à la recherche d'une réaction plus ou moins anormale. Il m'arrive de le faire le matin aussi à mon réveil et de jeter un coup d'œil inquisiteur à mes selles, comme à humer l'odeur de mes urines.

C'est peut-être la maladie. Je n'en sais rien. En tout cas, comme tout le monde, je mourrai d'une déficience quelconque, d'une intoxication, de n'importe quoi, mais, je l'avoue, j'aimerais surtout, connaissant aujourd'hui les meilleures années de ma vie, mourir de vieillesse, même desséché, même, s'il le faut, un peu gâteux.

Post-scriptum.

Cela devient une manie d'ajouter quelques phrases à chacune de mes dictées. C'est ce que l'on appelle, je crois, l'esprit d'escalier.

Hier, je lisais dans le journal qu'un camion fou, car les camions eux aussi deviennent parfois fous, est entré en force et à toute vitesse dans une maisonnette, au bord de la route, où vivait paisiblement une famille. Le camion a agi un peu comme la boule dans un jeu de quilles. Trois morts, deux blessés graves, cinq personnes qui n'étaient atteintes d'aucune maladie et dont aucun check-up n'aurait prévu le destin.

Cela me rappelle le cas assez récent d'un homme d'une cinquantaine d'années qui va chez son médecin se faire faire un électrocardiogramme. On lui affirme que celui-ci est parfait et que le cœur, comme l'aorte, sont en merveilleux état.

Il descend l'escalier, arrive sur le trottoir et meurt d'une angine de poitrine.

Samedi 10 juillet 1976.

L'histoire que j'ai envie de raconter aujourd'hui est banale. Et je l'ai racontée probablement des centaines de fois à des journalistes de toutes les nationalités, en répondant à leurs questions. Pas une seule fois, à ma connaissance, les réponses n'ont été fidèlement reproduites. Je dirais même que plus un reporter avait d'intelligence ou de personnalité et plus il déformait mes paroles, ce qui est assez naturel. Il se mettait à son tour, plus ou moins, dans la peau d'un romancier et certains le sont devenus par la suite.

— Monsieur Simenon, comment écrivez-vous un roman?

Tout d'abord, il faut situer la date, les dates, auxquelles cette question m'a été posée, car, si même je n'ai pas beaucoup changé dans mon mécanisme, il y a eu d'une époque à l'autre des différences plus ou moins importantes.

Je vais essayer, en toute bonne foi, et au mieux de mes souvenirs, de répondre une fois pour toutes à cette question, qui n'a d'ailleurs aucune importance.

A mon arrivée à Paris, j'ai commencé à écrire de petits contes pour les journaux, qui allaient de *Frou-Frou* au *Matin,* alors le plus répandu des quotidiens de Paris.

Je me suis toujours levé tôt. J'habitais la place des Vosges où j'entendais chanter les fontaines. En pyjama de soie rouge, je me promenais dans mon studio pendant un certain nombre de minutes puis je me précipitais vers ma machine et j'écrivais un conte, tantôt de cent, tantôt de deux cent cinquante lignes.

70

Je me récompensais d'un ou de deux verres de vin, m'asseyais dans mon fauteuil et, après une demi-heure environ, je me relevais en sursaut pour retrouver ma machine à écrire et écrire un second conte.

Il m'est souvent arrivé d'écrire ainsi six à sept contes par jour, verres de vin compris, et toujours en pyjama rouge.

Au début, je n'avais encore qu'un grand studio au rez-de-chaussée. Mon fauteuil était devant la fenêtre, et je me tenais, face à la cour, les deux pieds sur l'appui. Les habitants de l'immeuble me jetaient en passant un regard curieux, se demandant quelle pouvait être l'occupation de cet homme qui passait la plus grande partie de ses journées en pyjama, les pieds à la fenêtre, et qui, le reste du temps, tapait furieusement sur une vieille machine à écrire.

J'ai pu louer ensuite un second studio au deuxième étage du même immeuble et c'est là que je me mis à travailler. Les contes, galants ou non, ne me suffisaient plus. J'ai acheté une dizaine de romans populaires et me suis renseigné auprès de leurs éditeurs combien ils étaient payés. Le premier que j'ai écrit s'intitulait : *Le Roman d'une Dactylo* et je l'ai écrit à la terrasse d'un café, près de la place Constantin-Pecqueur, à Montmartre, où Tigy, ma première femme, qui était peintre, exposait à la Foire aux Croûtes.

De temps en temps, comme nous tirions le diable par la queue, je la rejoignais afin de savoir si elle avait vendu une de ses toiles. Hélas, la réponse était invariablement négative et je retournais à ma dactylo.

Le roman n'était pas long. Il n'était pas mal payé non plus. Je me suis mis à en écrire à une cadence accélérée puis je me suis lancé dans des romans plus importants en longueur, romans d'aventures pour jeunes gens, romans d'amour pour midinettes, romans d'amour, mais avec maîtresses et amants, cette fois, pour concierges sentimentales.

Voilà pour les débuts. Mon emploi du temps ne variait guère. Je commençais à taper à six heures du matin. Je m'arrêtais à midi ou à peu près, je faisais une courte sieste, puis je travaillais de nouveau pendant quelques heures, jusqu'à exténuation.

Il m'est arrivé d'écrire ainsi quatre-vingts pages dactylographiées sur ma journée. Je l'ai même fait assez longtemps. Un roman de dix mille lignes me prenait à peu près trois jours, un roman de vingt mille lignes une semaine.

On s'est demandé pourquoi j'ai eu tant de pseudonymes, jusqu'à dix-sept, tous inscrits à la Société des Gens de Lettres. C'est que je fournissais presque à moi seul certaines collections. Or, le nom de l'auteur, dans ce genre d'œuvres, si je puis employer ce mot, n'avait aucune importance, mais on ne pouvait pas décemment employer chaque semaine le même nom d'auteur. C'est ainsi que j'ai été successivement Gom Gut, Jean du Perry, Christian Brulls, Georges-Martin-Georges, sans compter Georges Sim qui était alors mon principal pseudonyme.

Sont venus les Maigret et, avec eux, le succès immédiat.

Il m'était arrivé auparavant d'écrire au fur et à mesure de nos haltes le long des canaux ou des rivières avec un petit bateau de cinq mètres que nous appelions le *Ginette*.

Dans la campagne, c'était assez facile de dresser ma tente au bord du canal. Dans certains endroits, comme Lyon, c'était plus difficile, et je me revois, avec ma table pliante, taper à la machine, à cinq heures du matin, sur un quai de débarquement. Petit à petit, les têtes se penchaient au-dessus de moi et Dieu sait ce que pensaient ou supposaient les gens qui me regardaient, en short, le torse nu, en train de taper en pleine ville.

Le premier Maigret, lui, qui s'intitulait *Pietr-le-Letton* a été écrit à bord de l'*Ostrogoth*, un cotre de pêche que j'ai fait construire à Fécamp et qui était amarré à ce moment-là dans le port de Delfzijl, où Maigret, qui ne se doutait pas plus que moi de sa destinée, a aujourd'hui sa statue en bronze haute de deux mètres. Ce succès n'a pas changé, ou très peu, mon emploi du temps. Dès six heures du matin, j'étais debout. Je faisais une marche de quelques minutes puis je me mettais à taper, un chapitre le matin, un autre chapitre l'après-midi, de sorte que les premiers Maigret ont été écrits chacun en trois jours.

Ce n'est que plus tard que je suis devenu paresseux. J'ai supprimé le chapitre de l'après-midi, de sorte que chaque roman me prenait de sept à huit jours.

De retour à Paris, j'ai fait un pas de plus dans l'escalade. Je suis devenu maniaque. A six heures, au lieu de me faire apporter mon café au lit et de me mettre au travail, j'ai interdit à quiconque dans la maison de se lever avant moi. Un réveille-matin, qui s'est bientôt révélé inutile, m'a tiré de mon sommeil à six heures à peu près. J'enfilais un pantalon, une chemise, je me brossais les dents, me donnais un rapide coup de peigne et descendais à la cuisine où je préparais mon café.

La veille au soir, j'avais déjà préparé mon bureau, avec beaucoup de minutie, comme les trapézistes de cirque contrôlent avant d'entrer en piste la tension des câbles reliant leurs appareils.

Cela consistait en une petite table installée à droite de ma machine, au paquet de papier vierge, à cinq ou six pipes bourrées d'avance, à des chemises jaunes dans lesquelles je glissais les pages une fois tapées.

Vers dix heures, dix heures et demie, parfois plus tôt, mais avec une légère différence, le chapitre était terminé, qu'il s'agisse d'un Maigret ou d'un non Maigret. Chaque chapitre avait inévitablement vingt pages dactylographiées. Je jure que je ne le faisais pas exprès. Je ne tirais pas à la ligne, comme on dit dans le métier. Je n'essayais pas non plus de condenser davantage tel chapitre ou tel autre.

C'est ce qui fait que la plupart de mes romans ont à peu près la même longueur, sauf quatre ou cinq qui ont été écrits pour des journaux exigeant de longs feuilletons.

Je ne crois pas que ce soient mes meilleurs. Il fallait bien que je fasse tourner la machine.

Les journalistes m'ont posé presque tous une seconde question :

— Mais l'inspiration?

Il est plus difficile de répondre à cette question-là, quoique le processus ait été invariable. Vers la fin de l'après-midi, j'allais me promener dans la campagne (j'ai presque toujours vécu à la campagne) ou dans les rues proches de mon domicile quand je vivais en ville, ou encore au bord de la mer, comme c'était le cas à Marsilly, puis à Nieul. Je marchais seul, peu soucieux en apparence, et même peu soucieux pour de bon.

Je ne me disais pas que j'étais en train de réfléchir à mon chapitre du lendemain ou au roman que j'allais écrire. Je humais l'air. Je regardais autour de moi. A l'occasion, j'entrais dans un bistrot pour boire un verre de vin blanc, et, d'un détail qui me frappait dans le paysage ou dans l'atmosphère, des souvenirs se mettaient à affluer.

Il ne s'agissait plus que de choisir entre ces souvenirs-là, soit un endroit, soit une maison, une famille ou un individu.

Cela, c'était le véritable point de départ. Quand je rentrais chez moi, je prenais une enveloppe jaune de format commercial, par superstition, parce que j'avais commencé ainsi *Pietr-le-Letton*, et, dans ma collection de livres de téléphone qui couvraient presque le monde entier, je cherchais les noms, les prénoms, puis j'animais ces abstractions par un âge, une profession, une adresse, un présent et un passé qui allaient parfois jusqu'à la deuxième génération, alors que cela ne devait me servir à rien pour mon roman. Il m'est arrivé souvent de noter le nom de l'instituteur que mon héros avait eu à l'école primaire, et celui de compagnons de classe dont il ne serait jamais question.

C'est moi, et non le lecteur, qui avais besoin de ces renseignements, y compris le numéro de téléphone que j'ai utilisé d'une façon rarissime.

Six heures du matin. La maison silencieuse. Boule, ma cuisinière de l'époque, piétinait dans sa chambre en attendant que la cuisine soit libre. Mon café. Il fut un temps où le café a été remplacé par du thé. Il fut un temps aussi, avant le café, où une bouteille de vin rouge en tenait lieu et elle était vide lorsque j'avais fini mon chapitre.

74

La même routine a été suivie à Paris comme à la campagne, sur la Côte d'Azur, à Tahiti, à Panama, aux États-Unis et ailleurs.

Il n'y a eu qu'une différence dans l'horaire. L'été, à Porquerolles, je travaillais dans une sorte de minaret, construit par je ne sais quel maniaque, où la chaleur était intenable. En outre, dès sept heures du matin, tous les petits bateaux se mettaient à faire ronfler leur moteur.

Comme je ne pouvais pas changer leurs habitudes, c'est moi qui ai changé les miennes. Au lieu de commencer à écrire à six heures, j'ai commencé à quatre heures du matin. Toujours en pyjama, je montais au premier étage de ma tour et je me mettais à taper. Après un quart d'heure environ, la veste de pyjama disparaissait. Après une heure au plus, j'étais tout nu, devant ma machine qui, heureusement, n'avait pas le pouvoir de rougir.

Par la suite, j'ai repris mon horaire, et ce n'est que les tout derniers temps, les dernières années, que j'ai changé ma façon de travailler. L'après-midi, je taillais soigneusement un certain nombre de crayons et j'écrivais à la main le début du chapitre suivant. Cela a commencé par dix lignes, puis par une page, puis par deux ou trois. En bout de compte, je me suis trouvé écrire ainsi, d'une toute petite écriture à peine lisible, le chapitre entier que je retrouvais le lendemain matin sur mon bureau et que je tapais à la machine.

Souvent sans regarder ce que j'avais écrit la veille. La machine à écrire ne permet pas les fioritures ni ce que certains appellent le beau style. On ne revient pas en arrière. On suit le rythme, volontairement ou non, et je me suis aperçu un beau jour que j'avais tendance à devenir « littéraire ».

Cela a été la fin de ces sortes de brouillons griffonnés au crayon et la séance de l'après-midi a été supprimée.

Pourtant, pendant la durée d'un roman, qui allait toujours en rétrécissant, car mes romans sont devenus de plus en plus courts, je continuais, pendant la journée, à vivre avec mes personnages, plus exactement avec mon personnage principal auquel je finissais par m'identifier.

Au point que, dès le premier ou le second chapitre, mes enfants se disaient entre eux :

— Ce sera dur.

Car, bien entendu, il y avait des romans plus ou moins durs que les autres. Or, par une sorte de mimétisme, mon humeur et mon aspect changeaient selon les uns ou les autres.

Parfois, je devenais, alors que je n'avais que quarante ou cinquante ans, un vieillard grincheux au dos courbé; d'autres fois, au contraire, je me montrais détendu et débonnaire.

Il n'y a que moi qui ne m'en apercevais pas. Ce sont ceux qui m'approchaient qui me l'ont avoué.

Au fond, je pourrais répéter le mot fameux de Flaubert :

— Madame Bovary, c'est moi.

Successivement j'ai été plus de deux cents personnages, sans le savoir, car c'était eux et non moi qui les poursuivaient.

A la longue, c'est fatiguant. On ne se rend peut-être pas compte, mais les acteurs, par exemple, me comprendront. De passer éternellement d'une peau dans une autre, on s'épuise. J'aurais pu écrire d'autres romans. Cela m'arrive encore la nuit dans mes rêves. Je tape à la machine. Je crée des personnages. Je commence à les faire agir puis je m'éveille tout à coup en me rendant compte que je suis dans mon lit et je soupire de soulagement.

Mon emploi du temps, aujourd'hui, est à peu près aussi strict que quand j'écrivais des romans. La différence consiste surtout en ce que je n'ai plus de personnages à tenir à bras tendu.

Comme je ne parle que de moi, ce qu'on me reprochera sans doute, je ne suis pas préoccupé par des êtres dont j'ai la responsabilité. J'en ai bien assez avec les vivants!

Je me lève toujours à heure fixe, huit heures moins cinq

du matin, avec un sourire et la voix tendre de Teresa, et à huit heures, j'écoute les nouvelles en dégustant mon café.

Ce n'est qu'au retour de notre promenade, presque toujours à la même heure le matin, que je lui demande mon micro, et que je commence à dicter sans savoir ce que je vais dire. Je ne veux pas, en effet, que mes dictées soient le résultat de réflexions profondes, ce dont je serais incapable, mais que ce soit le journal fidèle et candide de ce que j'ai appelé dans le premier volume *un homme comme un autre*.

Certains m'ont reproché de revenir de temps en temps sur des questions sexuelles, en particulier, sur des questions qui me concernent personnellement. Mais il est difficile de parler de la sexualité des autres.

Ce reproche est d'autant plus inattendu que la sexualité s'étend partout, dans les journaux, dans les magazines, à la télévision et au cinéma. La plupart du temps, il s'agit d'un attrape-nigaud, c'est-à-dire de la sexualité sortie de l'imagination, plutôt que de la sexualité réelle qui fait partie, que nous le voulions ou non, de notre être réel.

Hier au soir, en m'endormant, je me suis souvenu, Dieu sait pourquoi, d'un cas que j'ai connu. C'était il y a assez longtemps. Ce qui m'est arrivé assez rarement dans ma vie, j'avais, à ce moment-là, une petite amie, comme on dit, c'est-à-dire une maîtresse.

Et, ce qui est plus rare encore dans mon existence, elle avait à peine dépassé ses dix-sept ans. Je n'ai jamais été amateur de fruits verts. Au contraire, j'ai toujours eu vis-à-vis des jeunes filles une certaine méfiance mêlée à une bonne dose d'indifférence.

Pour moi, c'est la femme qui compte, la vraie femelle, et non ces embryons chez lesquels domine la plupart du temps ou une sentimentalité bébête, ou une imagination débridée. Je sais que je vais entrer dans des détails qui me seront reprochés. Mais, un reproche de plus ou de moins...

Elle avait ce qu'on appelle un très joli corps, long et souple, de grands yeux qui pouvaient exprimer aussi bien l'innocence que la perversité.

Notre aventure a duré plusieurs mois. Mais, pendant assez longtemps, nous ne faisions l'amour qu'à la sauvette parce que cela seul nous était permis. Je crois avoir passé près de deux mois sans la voir entièrement nue.

Je m'étonnais un peu de ses réactions lorsque nous faisions l'amour, et qui me paraissaient assez artificielles.

Quand, à cause des circonstances, nous nous sommes trouvés plus libres et que nous avons dormi dans le même lit, elle m'a avoué un soir, un peu balbutiante, qu'elle souhaitait que je la sodomise.

Ce n'était pas, et ce n'est pas encore dans mes goûts. Je l'ai pourtant fait afin de répondre à son désir.

Je me suis aperçu alors que, jusqu'à ce moment-là, elle n'avait jamais vraiment joui avec moi, car, soudain, elle s'est déchaînée et a atteint un sommet du plaisir que je ne lui avais pas connu.

Il s'est alors créé une sorte d'entente entre nous. Je commençais par la contenter et par l'épuiser. Ensuite, c'était mon tour de faire l'amour normalement pour ma propre joie.

Je répète qu'elle avait à peu près dix-sept ans. Je ne sais pas si d'autres, avant moi, et fort différents de moi, l'avaient habituée à la voie anale plutôt qu'à la voie vaginale.

De la part d'une femme faite, lassée d'étreintes qui auraient pu finir par lui paraître banales, ou tentant une expérience par curiosité, cela ne m'aurait pas surpris.

J'avoue qu'avec elle, qui n'était qu'une grande gamine, j'en ai été troublé et que ce n'était pas sans une véritable gêne que je commençais nos nuits par la satisfaction de sa fantaisie.

J'ai appris, par elle, que la jouissance était beaucoup plus longue si l'on se pliait à sa façon. Cela m'est arrivé trois ou quatre fois dans ma vie, sur des milliers, de rencontrer des femmes ainsi faites.

Ce qui prouve, à mon sens, qu'en sexologie, il n'existe rien d'inattendu.

Ma première maîtresse parisienne m'avait appris à jouir rien qu'en battant de ses cils contre les miens. J'ai mis beaucoup plus longtemps à savoir qu'un baiser bouche à bouche pouvait donner autant de satisfaction qu'une véritable prise de possession.

Ce ne sont plus seulement les pornographes qui, par intérêt financier, jouent de toutes les cordes des relations sexuelles, ce sont les savants, d'un peu toutes les branches de la science, qui s'y mettent à leur tour.

Je suis sûr que, comme les physiciens l'ont fait dans d'autres domaines, ils feront à leur tour des découvertes surprenantes.

On a déjà établi des sortes de cartes des zones érotogènes du corps humain. On en découvrira davantage, pour en arriver peut-être un jour à déclarer que notre corps entier est un sexe.

Qu'elle était touchante, dans son innocence tout au moins apparente, la « Petite fille à la source » d'Ingres.

Lundi 12 juillet 1976.

Depuis deux jours, Teresa est en train de dévorer un ouvrage : *Le Stress de ma vie* par le Dr. Hans Sely. Elle en est tellement enthousiaste qu'elle ne peut s'empêcher de m'interrompre à tout moment pour m'en lire une phrase ou un paragraphe, bien que, quand elle aura fini de lire ce livre, c'est moi qui le lirai. L'auteur est un célèbre professeur de l'Université MacGill, de Montréal, où le nombre d'équipes de recherches sur des sujets très différents est peut-être un des plus grands du monde.

Sely est à la tête d'un de ces groupes et le sujet qu'il a entrepris d'étudier avec ses collaborateurs et ses élèves, est un des plus importants dans la vie contemporaine.

De mon côté, je lis le dernier ouvrage du professeur Jean Bernard, qui, lui, est un des grands maîtres dans le domaine de l'hématologie et de la biologie.

Alors, il me revient, comme cela m'arrive de temps en temps, une certaine nostalgie. A ces moments-là, je regrette que les circonstances familiales aient fait de moi un ignorant, qui a dû tout apprendre par lui-même, non d'une façon scientifique, mais, si je puis dire, d'une façon intuitive.

Pourtant, quand je regarde de près la carrière des deux hommes que je viens de citer et d'un certain nombre d'autres, je me rends compte que nos vies ont été presque parallèles. Eux ont eu la chance de partir sur des bases solides, d'être aidés par une équipe homogène et admirative.

Moi (j'emploie ce mot bien qu'on prétende que le moi est haïssable), j'ai dû tâtonner longtemps dans mon approche de l'homme.

Beaucoup de gens, les critiques en particulier, s'y sont trompés. Du fait que j'avais écrit tant de romans, ils se sont imaginés que j'étais surtout préoccupé par des questions d'argent.

Certes mes romans populaires étaient indispensables à ma pitance quotidienne. Mais, après très peu d'années, cinq au maximum, je n'ai été poussé que par le besoin de comprendre l'homme et par conséquent de me comprendre moi-même.

Chaque roman était une étape, comme les étapes qui marquent une équipe de recherches. Chacun de mes personnages, les plus banaux en apparence, était, au fond de moi-même, le besoin de découvrir une face différente de l'individu.

Et ma rage d'écrire n'était que l'impatience qui m'habitait de connaître un jour l'homme complet.

Je n'y suis pas arrivé. Pas plus que les deux maîtres que je viens de citer, pas plus que ceux qui, déjà avant les Grecs, ont cherché à définir les impulsions secrètes des êtres.

Je ne me sens pas moins en état d'infériorité. Je suis un peu comme celui qui, dans l'obscurité, tâtonne autour de lui. Il peut lui arriver de saisir un objet par hasard, de détecter une présence étrangère.

Ce qui lui fait défaut, c'est le sens de l'analyse. Vous pouvez trouver dans le noir le contact avec une veste de tweed, par exemple, mais, à moins d'un hasard, vous ne découvrirez pas la personnalité du porteur de cette veste, à moins que vous le connaissiez intimement.

J'ai passé plus de cinquante années à chercher de la sorte. L'anecdote m'importait peu lorsque j'écrivais des romans. Il me suffisait de trouver un déclic, une situation donnée, un accident, une maladie, un décès dans la famille, que sais-je? Pour me demander quelles seraient les réactions de mon personnage principal. Autrement dit, pour me demander quelles seraient mes réactions devant tel ou tel événement.

Ce n'est pas la voie empruntée par les savants. La plupart du temps, ils partent d'une idée et, à force de recherches, seuls ou à plusieurs, poussent cette idée jusqu'aussi loin qu'ils peuvent.

Je les envie, je l'avoue, parce qu'ils s'appuient sur des bases concrètes, pour ne pas dire sur des vérités concrètes.

Je parlais récemment du professeur Nicole qui attribuait la plupart des découvertes à l'intuition, pour ne pas dire toutes.

Seulement, qui peut être sûr de son intuition? Au collège, au gymnase, à l'université, on vous inculque des notions qui passent pour définitives, en tout cas pour scientifiques.

Un plus un égale deux.

Ce qui n'est d'ailleurs pas vrai puisqu'il n'y a pas deux unités identiques, dans quelque domaine que ce soit, de sorte que un plus un n'égale jamais deux, pas plus qu'un homme plus un homme égalent deux hommes.

Ce qui me rend souvent nostalgique, à la lecture des ouvrages scientifiques, et ce qui m'empêche parfois un certain temps d'en lire, c'est, presque toujours, leur assurance et leur sérénité.

Un ignoramus comme moi n'a jamais cette certitude, pas même provisoire comme cela arrive souvent dans le domaine des sciences, mais dans ce qu'il sent profondément en lui, autrement dit la confiance en lui-même.

Il reste en marge. J'allais dire que c'est une question d'humeur. Un matin, on s'éveille sûr de soi et de ses instincts; le soir, déjà, le doute s'infiltre, et on a un peu honte d'avoir eu une idée ou un semblant d'idée. On ne sait plus.

Cela, je l'ai connu pendant plus de cinquante ans et je le connais encore aujourd'hui. A aucun moment on ne ressent une complète confiance en soi. Bien au contraire, plus on avance en âge et plus on doute, peut-être parce qu'on a connu un plus grand nombre d'expériences.

Or, chacune de celles-ci, au lieu de vous confirmer dans votre intelligence ou dans votre bon sens, ne fait qu'augmenter le doute.

Quelques-uns de ceux que nous appelons les savants, ressentent ce doute, eux aussi. Il leur arrive rarement d'en convenir.

Ils sont entourés d'une petite armée de disciples qui les protègent contre eux-mêmes et qui, par leur respect et leur confiance, les remettent d'aplomb quand ils se sentent chanceler.

J'ai parlé en commençant de nostalgie. Chacun de nous a des raisons d'envier son prochain. Je ne fais pas exception. Périodiquement, j'envie le chercheur, non pas solitaire, non pas livré à lui-même, non pas *self-made man,* mais avec autour de lui tous les garde-fous, tous les appuis nécessaires à sa confiance.

J'en ai connu plusieurs intimement. Jamais il n'est arrivé à l'un d'eux de me dire qu'il pouvait même, quand sa santé devenait chancelante, douter de lui.

Je crois cependant que le doute les assaillait souvent, comme il doit assaillir les évêques, les archevêques, les cardinaux, et le Pape en personne.

Il existe des conventions auxquelles on n'échappe pas et, lorsqu'on a atteint certaine situation, on n'a pas le droit, sans trahir, de laisser percer ses hésitations.

Les chefs d'État, eux non plus, n'ont pas le droit de douter d'eux-mêmes en public, sinon...

(Accident de parcours. Ma bobine s'est emmêlée. Je continue donc là où Aitken est arrivée à l'entendre.)

Les Corses réclament leur indépendance. Les Bretons se sentent de moins en moins français. Il en est de même dans d'autres régions d'Europe. On dirait que, tandis que nos vieux peuples se désagrègent, l'Afrique est en train de s'unir sous notre nez.

Je ne suis pas voyant. Je ne sais pas ce que sera demain. Mais je ne peux m'empêcher de sourire quand j'entends parler de la réunion des Cinq Grands, ou des Six Grands, c'est-à-dire le trust des peuples les plus riches du monde.

Riches, nous le sommes peut-être encore aujourd'hui, quoiqu'il soit de plus en plus difficile de déterminer à la Bourse qui est riche ou qui est pauvre. Il existe comme une maffia internationale qui s'obstine, non seulement à garder ses biens, mais à prendre ceux qui existent ailleurs.

Qu'arrivera-t-il si, demain, les pays riches devenaient les pays pauvres et si les pays pauvres devenaient à leur tour les pays riches?

La date d'hier m'apparaît comme un avertissement. Le monde confortable et insolent dans lequel vivait une toute petite partie du monde, n'est probablement pas loin de sa fin. Je ne parle pas d'années. Peut-être de dizaines d'années?

En tout cas, pour ma part, je ne suis plus fier d'être un Blanc. *L'Heure du Nègre*, que j'annonçais il y a un peu plus de cinquante ans, me paraît se rapprocher de plus en plus et j'en suis enchanté.

Mardi 20 juillet 1976.

Quelques années avant la guerre encore, l'un des endroits les plus sélects de Paris, c'est-à-dire le plus fermé au commun des mortels, était le Café de Paris, un restaurant, discret extérieurement, de l'avenue de l'Opéra.

Dès l'entrée, on était accueilli par un personnage en uniforme qui ressemblait, par son regard et par son attitude, à un physionomiste de casino et qui, suavement, si vous n'étiez pas un habitué de la maison, s'excusait en vous affirmant que toutes les tables étaient retenues.

C'était presque vrai. Le Café de Paris n'existe plus. Je ne sais pas où sa clientèle s'est réfugiée mais j'ai la quasi-certitude qu'elle a trouvé un autre refuge.

Le soir, j'allais dire que c'était un restaurant banal, sauf qu'il était de grand luxe et qu'on n'y pénétrait qu'en habit ou en smoking et que les tables étaient retenues plusieurs jours d'avance.

C'était à midi que le Café de Paris vivait sa véritable existence. A l'entresol, par exemple, le baron Edmond de Rothschild, le grand-père des Rothschild actuels, avait tous les jours son salon retenu et, par un escalier particulier, certaines gens que je ne connais pas et que je n'ai pas envie de connaître, venaient le consulter avant que, chapeau gris perle et jaquette, il se rende aux courses.

Au rez-de-chaussée, le roi y était un personnage plus

pittoresque et plus mystérieux. Il avait sa table retenue quotidiennement aussi, dans l'angle gauche du restaurant. Je l'y ai vu dix fois, vingt fois, probablement davantage, car c'était mon époque de snobisme où, habillé à Londres, j'essayais d'étudier la faune parisienne.

Au début du repas, l'homme dont je parle, un des plus laids que j'aie vus, qui ressemblait à un corbeau, vêtu de noir, le dos voûté, la paupière tombante, sans un sourire, était seul à cette table de plusieurs personnes.

Dans la salle, beaucoup attendaient, j'allais dire de lui faire la révérence, c'est-à-dire de lui serrer la main s'il le daignait, et d'avoir quelques instants d'entretien avec lui.

Cet homme-là s'appelait Georges Mandel. C'était l'ancien secrétaire de Georges Clemenceau. Celui-ci lui reconnaissait une intelligence aiguë, et surtout l'art de manœuvrer les gens et d'influer sur les événements. Par contre, il ne devait pas avoir de l'homme proprement dit une haute estime, puisque un mot de lui, souvent répété, est resté célèbre :

— Lorsque je pète, c'est Mandel qui pue!

L'heure est venue où Georges Mandel a pu choisir le ministère qu'il désirait, car, en sourdine, il était déjà devenu un homme puissant. Il aurait pu choisir les Affaires étrangères, par exemple, les Finances, n'importe quel ministère de prestige.

Il a été le premier, au cours de la Troisième République, se trouvant devant un choix de ce genre, à choisir le ministère de l'Intérieur. C'est-à-dire le ministère de la police, des tripotages, des nominations de préfets et sous-préfets, de la préparation des élections, en même temps que celui des dossiers secrets sur tous les personnages politiques.

A l'époque, cela a été presque un scandale. Je ne dirai pas que le ministère de l'Intérieur est la poubelle de la République, mais ce n'en est en tout cas pas l'élément le plus prestigieux.

Georges Mandel, si je ne me trompe, a été vilainement assassiné. Je le regrette. C'est lui, néanmoins, qui avait choisi le poste qu'il occupait et dont il se délectait.

Ceux qui venaient tour à tour s'incliner devant sa table pour prendre ses instructions étaient des hommes à lui, ou des hommes qui avaient peur de lui et qui avaient besoin de son soutien.

Est-ce que l'histoire se répète? A un échelon supérieur peut-être. A ses débuts, Mandel n'était rien, sinon le secrétaire de Clemenceau.

Aujourd'hui, un autre homme, qui était presque l'associé du Président de la République actuel et qui se dit prince, ce qui est possible, car il y a tant de princes actuellement, plus que jamais peut-être, l'homme dis-je qui a fait les élections, qui aurait pu choisir, lui aussi, un poste de prestige dans le ministère, a choisi le plus décrié et le moins prestigieux.

Il n'est peut-être pas de la même race que Mandel, mais il en a la mentalité. Il a compris que c'est au ministère de l'Intérieur que l'on dirige toutes les polices, parallèles ou non, politiques ou non, et que c'est là aussi qu'aboutissent les rapports des préfets et sous-préfets des provinces.

Autrement dit, on y est au centre de la toile d'araignée dans laquelle sont prisonniers aussi bien les citoyens ordinaires que les politiciens.

Il y a cinquante ans encore, le ministre de l'Intérieur était considéré comme une sorte de policier plus ou moins supérieur et c'est tout juste s'il ne recevait pas, en conseil des ministres, des regards méprisants. Aujourd'hui, après Mandel, on a compris que c'était le poste clé. Il est vrai que jadis il n'existait pas cinq ou six polices parallèles à la surveillance d'une desquelles nul de nous ne peut dire qu'il échappe.

L'électronique a perfectionné le système. Chacun, qui que nous soyons, du plus humble au plus glorieux, a sa fiche enregistrée une fois pour toutes. L'ordinateur est là pour se souvenir et il suffit de pousser un bouton pour connaître le passé, le présent, j'allais dire le futur, mais on n'en est pas encore au futur, de n'importe quel individu.

Alors, un prince peut bien être fier de choisir ce poste plutôt que celui d'un ministre des Affaires Étrangères qui n'a rien à dire, d'un ministre des Finances qui se trompe à tous coups ou d'un ministre de l'Environnement qui n'environne rien.

Mercredi 21 juillet 1976.

Ce matin, on a descendu nos valises vides qui s'entassent dans le couloir entre notre chambre et notre minuscule salon. Cela signifie que nos vacances, ici, vont être terminées, car nous partons vendredi matin.

De voir les valises se superposer ainsi me donne toujours une certaine mélancolie. Celle-ci existe aussi bien lorsque cela se passe dans ma petite maison avant un départ que dans un hôtel où je viens de passer avec Teresa cinq semaines.

C'est le même petit hôtel délicieux où nous avons été si heureux l'été dernier et où nous l'avons été autant cette année.

Nous allons rentrer dans notre maison rose, mais seulement pour quarante-huit heures, car il y aura cette fois de secondes vacances, Pierre ayant des vacances beaucoup plus longues et ne revenant de la Guadeloupe et de la Martinique que vers la fin août.

En ce qui me concerne, j'emploie le mot vacances, mais mon emploi du temps reste à peu de chose près celui qui est le mien à la maison. Deux fois par jour, je téléphone à ma secrétaire et je réponds par téléphone à mon courrier. Il est vrai que maintenant elle en prend une bonne part pour son compte.

Nous nous promenons aux mêmes heures et, pendant ces cinq semaines, par exemple, nous nous sommes arrêtés dans

90

les mêmes bistrots, sauf que j'ai peut-être un petit peu moins marché. Il est vrai qu'il faisait une chaleur accablante. Il n'y a que deux jours que les orages se sont déclenchés, avec pluies diluviennes, et, aujourd'hui, je ne crois pas que nous aurons l'occasion de quitter notre petit salon.

On va encore me reprocher de parler trop volontiers de mes bobos. Il n'empêche que, avec le temps qu'il fait, mes jambes n'ont pas leur vigueur habituelle. Hier, par exemple, Teresa a été obligée de faire de l'auto-stop pour me ramener à l'hôtel car ma jambe gauche, celle dont le fémur a été cassé il y a deux ans, ne fonctionnait plus que d'une façon assez vague.

En plus, je souffre plus ou moins du train de côtes que j'ai cassé il y a plus de dix ans.

C'est une chose qui me passionne, car elle tend à confirmer mon idée de l'univers : le défilé militaire.

Celui-ci ne ressemble pas aux défilés d'aujourd'hui, faits surtout de canons et d'engins sophistiqués. Il ne s'agissait pas de montrer une force que l'on tenait à prouver. Il s'agissait de rester, sous un soleil de circonstance, dans la gaieté.

Certes, il y avait quelques chars qui n'intéressaient personne, mais il y avait surtout les représentants de tout l'empire colonial que la France possédait alors. Les plus applaudis étaient les Spahis, sur leurs petits chevaux arabes, avec leur cape rouge et leur uniforme rutilants. La Légion Étrangère, qui ne portait pas encore la tenue kaki, n'était pas moins applaudie.

On aurait pu croire à un concours d'uniformes. Et la foule était si épaisse sur les larges trottoirs des Champs-Élysées que des gens étaient là depuis six heures du matin, avec des échelles qu'ils avaient apportées, afin d'avoir une meilleure vue du cortège.

Dans la tribune, au Rond-Point, les officiels n'étaient pas moins beaux. Ils portaient obligatoirement la jaquette et le haut-de-forme qui luisait doucement au soleil.

Il n'était pas question dans la presse de hold-up ou d'attentats perpétrés dans l'un ou l'autre pays du monde. On ne parlait même pas de sécheresse en Afrique du Nord ou ailleurs, de guérilla faisant un millier de morts par jour dans un territoire à peine plus grand que la Belgique. Cela existait peut-être, mais la presse n'en faisait pas mention.

Il ne fallait pas ternir l'éclat de la victoire, l'éclat d'un Quatorze Juillet de rêve où, presque chacun, se sentait l'âme d'un héros.

Je n'ai pas retrouvé, au cours d'une existence déjà longue, pareille atmosphère de liesse, de joie de vivre, de contentement de soi.

Si des peuples entiers souffraient de la faim, de la soif, ou des inondations, on l'ignorait et la Croix-Rouge Internationale avait bien soin de ne pas faire la quête.

Paris, malgré quelques difficultés financières que le Plan Marshall devait plus ou moins aplanir, se sentait à la tête du monde.

Les ouvriers étaient mal payés. Des familles nombreuses avaient de la peine à joindre les deux bouts.

Je viens d'être interrompu par un coup de téléphone d'Aitken. Je vais essayer de reprendre le fil de mes idées, pour autant qu'il y ait des idées dans mes dictées. J'ai plutôt tendance à les éviter.

Je sais que j'ai parlé de mes bobos. Et je me souviens de certains appels que j'ai faits à mon médecin pendant les dernières années. La plupart du temps, sa réponse était :

— Vous ne vous êtes pas aperçu que soufflait la Vaudère.

Je suppose que la Vaudère existe ailleurs que dans le canton de Vaud. C'est un vent qui vient du Sud, franchit les Alpes et dégringole brusquement vers le lac, chaud et humide. Mon médecin m'a confié :

— Les jours où souffle la Vaudère, mon téléphone ne

cesse de sonner, et on croirait que tous mes patients se sentent malades à la fois.

Aussi, les jours de Vaudère, j'ai soin de ne plus l'appeler afin de ne pas ajouter à ses occupations déjà assez absorbantes.

J'ai dicté récemment qu'à mon sens le monde minéral, végétal, animal, voire astral est un tout dont chaque élément dépend plus ou moins des autres. Les cardiologues, par exemple, admettent que les années où les éruptions solaires sont les plus fortes et les plus nombreuses sont aussi celles qui abattent le plus leurs clients quand elles ne les tuent pas.

Vaudère ou non, vendredi matin je passerai pour deux jours avenue des Figuiers. Je sais d'avance que la même mélancolie que je ressens aujourd'hui me reprendra. Au fond, si j'ai voyagé toute ma vie, je n'ai jamais quitté sans un serrement de cœur l'endroit où je me trouvais.

D'autre part, de me retrouver dans un endroit inconnu produit toujours chez moi la même exaltation et la même joie.

Cela ne signifie pas que je ne me sens bien nulle part. Au contraire, je me sens trop bien partout.

Alors, pourquoi partir? Je suis incapable de répondre à cette question-là.

Périodiquement, je suis pris d'un besoin de fuite, de changement, tout en restant attaché comme par un cordon ombilical aux endroits où j'ai été heureux.

J'ignore quelle sera la seconde partie de nos vacances, dans un endroit nouveau pour moi. Je sais d'avance que je m'y adapterai dès le premier jour et que, quand je le quitterai, la même nostalgie que je ressens aujourd'hui, je la ressentirai à nouveau.

Le monde est tout petit. La terre est une minuscule planète, habitée par une poignée d'êtres humains que nous comptons en milliards. Mais que signifie un milliard d'hommes? Il en est de cette arithmétique comme de celle des peuples à monnaie dévaluée où l'on ne compte que par millions et centaines de millions.

Lorsque je faisais mon service militaire en Allemagne, dans l'armée d'occupation, en 1919, on devait transporter les billets de banque avec une brouette pour acheter n'importe quoi.

Les millions, les milliards, c'est du papier. Et nos milliards d'hommes ne sont probablement aussi qu'une petite pincée des êtres vivant dans le cosmos.

Il en est de même du temps. Nous comptons notre vie en années. Mais nous pourrions aussi la compter en heures, en secondes, comme pour les brouettes de marks de 1919. Cela nous donnerait l'impression d'être riches, comme les Français qui s'obstinent à être riches en anciens francs, quand ils ne parlent pas en centimes. Tout le monde est millionnaire en centimes. Tout le monde vivrait très vieux s'il comptait son temps en secondes.

Allô, Allô! En passant d'une rive à l'autre du Léman je suis passé de deux cent vingt volts à cent vingt-cinq. Il a fallu un transformateur et c'est un essai que je fais.

Changer l'homme. Influencer son destin et sa personnalité, c'est autrement historique que de signer un contrat avec l'Arabie Saoudite ou avec n'importe quel pays riche.

Seulement, quand il est question d'argent, tout finit par être permis et légitime. Quand il est question d'une mutation possible de la race humaine, personne ne parle de découverte historique, alors que les générations futures seront en jeu.

Les uns parlent de risques de véritables catastrophes atteignant tous les êtres humains; d'autres parlent de la prééminence de la science.

Je ne juge pas. Mais si le mot historique peut être appliqué à une époque, je pense que c'est bien à la nôtre.

Un autre événement se passe dans le monde dont on parle fort peu en Europe. Il s'agit du cas d'un soldat de Fort Worth, aux États-Unis, atteint de grippe espagnole, cette fameuse grippe, ressemblant au choléra, qui, en 1917 et en 1918, a fait plus de morts dans le monde que la Première Guerre.

C'est un cas isolé, certes, mais d'autant plus inexplicable et les médecins américains ne cessent de l'étudier. S'il y en a eu un, pourquoi, lorsque cet automne ou cet hiver, la grippe commencera, comme chaque année, à sévir, ne serait-elle pas la grippe espagnole?

L'inquiétude est telle là-bas que le président Ford a ordonné la vaccination contre cette grippe de tous les Américains. La Chambre et le Sénat l'ont approuvé. Tous les laboratoires ont été alertés et mis en demeure de préparer les millions, les dizaines de millions de vaccins nécessaires.

Ils n'ont oublié qu'une seule chose : l'argent, toujours l'argent. Aucun vaccin n'est complètement inoffensif. En cas de vaccination générale et obligatoire, il y aurait donc un certain nombre de victimes, pas nécessairement de la grippe espagnole, mais du vaccin.

Dans ce cas, les compagnies d'assurances ont refusé de payer les dégâts. La question a été posée à la Chambre de savoir si le Gouvernement s'en chargerait et la Chambre a répondu non.

Rien ne prouve qu'il y aura une épidémie de grippe espagnole. Mais, dans l'état actuel des tractations en haut lieu, il est plus que probable que le vaccin n'existera pas.

C'est une question qui trouble davantage les Américains que celle de savoir si ce sont les démocrates ou les républicains qui seront au pouvoir à ce moment-là.

Encore une fois, ce sont des questions dont on parle peu, sinon jamais en Europe, laquelle serait atteinte comme les autres pays et en souffrirait autant qu'eux.

Vaccination générale? Pas de vaccination par crainte des réclamations des familles des victimes éventuelles?

Cela aussi pourrait bien devenir, dans trois mois, dans six mois, un événement historique. On préfère les contrats pour la construction de pétroliers, pour celle d'une nouvelle ligne de chemin de fer au cœur de l'Afrique, d'une exploitation des phosphates de telle région.

Peut-être devrait-on être plus prudent et moins glorieux dans l'utilisation de ce mot « historique ».

Il a existé de nombreux événements historiques depuis

que l'homme connaît à peu près son histoire. La plupart ont été trahis.

J'aimerais être sûr qu'aucun événement historique ne nous attend demain.

Il y a plus de cinquante ans, vers 1931 ou 32, car je n'ai pas la notion des dates, j'ai parcouru l'Afrique de long en large, non pas en touriste, car les touristes n'existaient pas encore à cette époque-là, mais à la recherche de ce que j'ai toujours appelé « l'homme nu », c'est-à-dire l'homme tel qu'il est au profond de lui-même.

Je vivais le plus souvent dans les paillotes indigènes. Le plus souvent aussi nous nous expliquions par gestes. Mais je sentais dès le premier abord, après quelques instants de méfiance de la part de mes interlocuteurs, que le contact s'établissait. Je suis retourné en Afrique une seconde fois, mais avant que les villes en béton ne soient bâties à l'instar de nos banlieues.

Au retour de mon premier voyage, j'avais écrit une série d'articles intitulés *L'Heure du Nègre*.

Hier, l'événement m'a donné raison. Vingt-six pays africains ont refusé de défiler dans le solennel cortège Olympique de Montréal. Dans ceux qui ont ainsi refusé, il y avait aussi bien des Bantous et des Bushimans que des Arabisés et de purs Arabes, comme des Algériens et des Égyptiens.

Ce n'est plus de l'heure du nègre qu'il est question, mais de l'heure de l'Afrique.

Celle-ci a enfin pris conscience de sa force et je ne doute pas qu'elle en usera. La plus vieille colonie, l'Angola, a déjà conquis son indépendance. Les autres pays, pour la plupart, ne sont certes plus des colonies, mais il leur manquait d'en prendre conscience et de s'allier les uns aux autres.

A mon humble avis, les Jeux Olympiques de Montréal auront été le point de départ de cette prise totale de conscience de l'Afrique, qu'elle soit noire ou arabisée.

L'Égypte, si longtemps sous la tutelle européenne, et qui n'a pas une goutte de sang noir, a rejoint ses frères d'au-delà du Niger.

Les prochaines années verront, je n'en doute pas, une cohésion de plus en plus grande entre des pays qui n'étaient pas des pays, mais des constructions de colonisateurs européens, un fourmillement de tribus ennemies les unes des autres.

Hier, je le jurerais, le grand rassemblement a commencé. Il mettra probablement des années à s'achever. Combien d'années a-t-il fallu, ou plus exactement de siècles, pour rassembler sous la même houlette les Bourguignons et les Provençaux, sans parler des Bretons ?

Mercredi 28 juillet 1976.

Me revoici donc, depuis dimanche, dans ce qu'on appelle un palace. Comme les derniers qui existent, il date d'avant 1800 et il est aussi périmé que sa clientèle, faite surtout de vieilles dames et de quelques vieux messieurs guindés.

On a eu beau les remettre à neuf, c'est-à-dire les maquiller, ils ne sont plus de notre époque.

J'ai la télévision dans mon appartement. J'y regarde plusieurs fois par jour des retransmissions des Jeux Olympiques auxquels la plupart des pays africains ont refusé de participer.

Étant donné qu'un bon nombre de ces Africains ont remporté des médailles d'or aux derniers Jeux, les médailles de cette année, comme beaucoup de monnaies, se trouvent sérieusement dévaluées.

La grande compétition devrait se faire entre les Américains et les Russes. Une chose me frappe. La plupart des Américains qui jusqu'aujourd'hui ont obtenu des médailles ou se sont placés pour les finales, sont des Noirs.

Un Jamaïcain, tout seul, qui n'a pas dû profiter d'un entraînement scientifique, a gagné la médaille la plus importante, celle du cent mètres.

Je ne m'occupe pas de politique internationale et le moins possible du futur que je ne connaîtrai pas. Ce qui me frappe, à chaque fois que je regarde une des compétitions, c'est la place de plus en plus importante que prend l'Afrique, malgré ses moyens plus que réduits.

Je me demande si l'année prochaine, dans un an, dans dix ans, il n'y aura pas, en concurrence des Jeux actuels, les Jeux Olympiques Africains, ou, peut-être, les Jeux Olympiques de ce que nous appelons les pays sous-développés.

De quel côté auront lieu les performances les plus nombreuses? Je n'en jurerais pas, mais je ne serais pas surpris qu'elles soient réalisées par les pays sous-développés.

De là à se demander si dans cinquante ans, ceux qui s'intitulent eux-mêmes « les pays riches » seront encore les pays riches et s'ils continueront à gouverner le monde par les moyens les plus divers, pas toujours les plus honnêtes.

J'ai dit cinquante ans. J'ai une certaine tendance à anticiper sur les événements, car mon caractère est impatient. Au lieu de cinquante, mettons cent ans. Mettons-en même un peu plus.

Je n'en ai pas moins la conviction profonde que dans un temps indéterminé ce sont les pays sous-développés qui seront les « riches » et qui joueront le rôle que jouent aujourd'hui trois ou quatre pays qui les exploitent.

Lorsque la période industrielle a commencé, vers le milieu du siècle dernier, en Angleterre, on a commencé par inonder les pays pauvres de pacotille qu'on leur vendait contre des matières premières achetées à bas prix.

Puis, la concurrence des quelques pays industriels aidant, on leur a vendu des machines pour fabriquer justement les produits qu'on avait pris l'habitude de leur vendre.

Les universités, un peu partout, se sont ouvertes à ces hommes qui vivaient quelques années avant encore demi nus et on s'est aperçu qu'ils devenaient aussi bien que les jeunes à peau blanche des ingénieurs, des médecins, voire des physiciens et des savants de toutes sortes.

Le renversement de la situation n'est pas pour demain, je l'ai dit, mais je le sens dans toutes mes fibres, et, pour être franc jusqu'au bout, je le souhaite.

Il est temps que la relève se fasse et que nos grands

industriels, nos sociétés internationales, nos « grosses têtes », comme on dit aux États-Unis, fassent place à d'autres et qu'ils deviennent à leur tour les employés des grandes affaires dont le centre sera en Afrique, en Arabie, aux Indes, peut-être en Chine ?

C'est une expérience que nous avons connue avec le Japon, ces petits hommes jaunes que l'on méprisait.

Déjà les grands hôtels européens et américains sont peuplés d'hommes et de femmes de couleur qui ne sont pas du tout éblouis par notre civilisation mais qui observent et qui prennent des leçons.

Quant à nos vieux palaces du temps du président Loubet ou de Félix Faure, ou bien ces gens-là les dédaigneront comme ils les dédaignent déjà à présent, ou bien il les considéreront comme nous considérons les ruines des nombreux pays dont les civilisations ont disparu.

Post-scriptum.

Au moment où une grande partie des savants du monde écrivent leurs Mémoires, j'ai un peu honte d'aborder des sujets pour lesquels rien ne m'a préparé, comme celui que je viens d'aborder cet après-midi. Il est vrai que les hommes politiques, qui sont passés de l'Agriculture aux Affaires étrangères et des Affaires étrangères à une ambassade quelconque en font autant.

Les chanteuses de music-hall et les chanteurs aussi. Et même, depuis peu, les prostituées. Il est vrai que celles-ci ont quelque chose à dire et que, si elles allaient jusqu'au bout de leurs confidences, ce qu'elles ne font pas, elles nous en apprendraient plus sur le comportement humain que la plupart des psychologues.

Toujours est-il que j'ai quelquefois honte de manier certaines idées, car rien dans ma vie ne m'a préparé à les aborder. C'est à peine si, en soixante-treize ans et demi, j'ai un peu appris le comportement de l'homme et, parfois, ses motivations.

Mais c'est loin de suffire pour prévoir l'évolution de l'humanité.

Dimanche 1ᵉʳ août 1976.

Fête nationale en Suisse. Et sans doute allons-nous voir l'autre côté du lac s'allumer. C'est à peu près, dans ce pays, la seule solennité, les seules réjouissances.

Voilà une semaine que je suis ici. Si j'ai laissé dormir mon magnétophone, c'est que, dès mon arrivée, j'ai été atteint d'un de ces petits bobos dont on évite de parler, je ne sais pas au juste pourquoi, peut-être parce qu'il a un nom assez long avec un tréma sur un i, peut-être parce que notre mère, quand nous étions petits, évitait de nous parler ou ne nous parlait qu'avec réticence de l'organe qu'il atteint.

Je ne suis même pas allé prendre mes repas à la salle à manger et je me demande si j'y descendrai. Je préfère, comme partout ailleurs, l'intimité de notre appartement. Cependant, je me promène dans les couloirs et même, depuis deux jours, dans les allées d'un très beau parc. Je ne rencontre que des gens très distingués.

C'est un mot que j'abhorre. Je ne déteste personne. La moyenne d'âge des gens d'ici doit être à peu près de soixante-dix ou quatre-vingts ans, c'est-à-dire que je ne suis pas encore un senior. Beaucoup marchent avec des cannes et je me dis en les rencontrant qu'ils sont peut-être affectés du même bobo que moi.

Est-ce leur distinction qui les isole du monde, c'est-à-dire du vulgaire? Je l'ignore. Ils marchent en regardant droit devant eux, l'œil fixe, à moins que ce soit le regard vide.

104

Il est rare qu'on les trouve par groupe de trois ou quatre. La plupart du temps, ils sont lamentables dans leur solitude, malgré, pour les femmes, les feux de leurs bijoux, les robes de grands couturiers, et, pour les hommes, les complets admirablement coupés.

Je pensais à eux quand je me suis couché pour ma sieste et je me suis senti comme un chien dans un jeu de quilles.

Et pourtant... Pourtant, c'est une expérience que j'ai faite, moi aussi, comme j'ai tenu à faire toute les expériences possibles.

Pendant longtemps, j'ai eu un certain nombre de voitures mais j'avais un désir secret, celui de conduire une Rolls Royce. Non pas pour le prestige, non pas pour être à mon tour un homme distingué. Je rêvais de la joie que cela devait être de conduire ces voitures à la fois souples comme des félins, silencieuses, d'une ligne merveilleusement harmonieuse.

J'ai hésité pendant de longues années. Et un jour, j'ai cédé. Il y en avait une d'exposée qui m'a attiré avec autant de force qu'un jouet extraordinaire attire un enfant. Je l'ai achetée, avec, malgré tout, un certain sens de culpabilité qui atténuait ma joie.

Elle ne m'a pas déçu. Pendant cinq ans, six ans peut-être, je l'ai conduite moi-même et c'était chaque fois pour moi le même plaisir presque sensuel. L'après-midi, j'emmenais D. faire des promenades toujours imprévues car j'empruntais tous les petits chemins que je rencontrais, que cela soit à travers bois ou à travers prés, quitte à me retrouver dans une cour de ferme ou de château. Il m'arrivait de parler, car ces dictées montrent que je suis assez bavard de nature. Mais après quelques minutes je m'apercevais que D., à côté de moi, était endormie profondément et force m'était de me taire.

J'avais quatre autres voitures, toutes dans ce qu'on appelle la catégorie de luxe. Il n'y avait que ma bonne vieille Rolls, que j'appelais « grand-mère », qui me donnait la même joie.

Après plusieurs années, cinq ou six ans, je ne sais plus, je me suis aperçu que les signaux, sur les routes et dans les rues, étaient devenus si nombreux et si compliqués qu'il m'arrivait de m'embrouiller ou de n'en plus tenir compte lorsque j'étais en train, par exemple, de préparer un roman.

J'avais un chauffeur pour conduire les enfants à l'école ou au collège, selon leur âge, avec une autre des voitures. J'ai été obligé d'en prendre un second pour mon usage personnel.

Deux chauffeurs, c'était trop, c'était « distingué », pour employer le mot de tout à l'heure. Je n'en ai gardé qu'un car je circulais plutôt à pied et j'employais la Rolls pendant très peu de temps chaque jour.

C'est là que j'ai découvert le fossé qui peut exister entre les êtres humains. Mon chauffeur était en uniforme. Il affectait de se précipiter pour m'ouvrir la portière, ce que j'aurais préféré faire et, pendant ce temps-là, il se tenait presque au garde-à-vous, la casquette à la main.

On nous regardait. On nous regardait même lorsque nous ne faisions que passer et je sentais dans les yeux qui nous suivaient de la sorte comme un monde soudain différent.

Je n'appartenais plus à la foule. Celle-ci ne se montrait pas hostile, mais curieuse, comme si j'étais devenu un être à part.

Où je l'ai le mieux ressenti, c'est en Italie, où les Rolls étaient rares à cette époque, et où je faisais le tour d'un certain nombre d'universités pour y donner des conférences. A chaque fois que la Rolls s'arrêtait, elle était entourée de badauds comme l'était, en 1932, mon Imperial Chrysler qui avait été une des premières importées d'Amérique et que j'avais achetée par le plus grand des hasards. Je ne dirai pas que je l'avais gagnée au jeu, mais c'est presque tout comme.

Pour en revenir à la Rolls, mes enfants, qui désiraient tout ce qu'ils voyaient, qui ne se préoccupaient jamais d'argent ni des différences de leurs dépenses avec celles de leurs petits camarades, en avaient honte.

Maintes fois, des centaines de fois, lorsque je me faisais

descendre en ville par mon chauffeur, j'étais obligé de l'envoyer longtemps d'avance afin qu'il remonte à Épalinges changer de voiture pour aller chercher les enfants à l'école ou au collège. Moi, je me contentais, comme je le fais aujourd'hui, lorsque j'ai besoin de me déplacer : je me contentais d'un taxi.

Je vois ici des voitures somptueuses et coûteuses. Elles m'apparaissent comme un anachronisme.

Pourtant, cette vieille « grand-mère », que j'ai conservée dix ans, a été en définitive la voiture la meilleur marché que j'ai jamais possédée. J'ai pris une habitude aux États-Unis, où les moindres réparations sont extrêmement coûteuses. Là-bas, on change d'auto tous les ans ou tous les deux ans, justement pour éviter les réparations. Après dix ans, d'ailleurs, n'importe quelle voiture ne peut plus obtenir son permis de circuler.

La Rolls m'a coûté cher au départ, certes, mais elle a roulé dix ans sans une réparation, sans le moindre frais en dehors des changements de pneus. Si je compte le nombre de voitures que j'aurais utilisées en dix ans, elle m'a valu de grosses économies, d'autant plus que, quand j'ai décidé de me séparer de mes autos, c'est la seule que j'aie revendue à la moitié du prix que je l'avais achetée.

Tout ceci n'est que du bavardage, comme le reste de mes dictées. J'en ai parfois honte. Lorsque je lis les journaux et les magazines, je m'aperçois qu'à peu près tout le monde a des choses importantes à dire et les dit avec à la fois de l'assurance et de la solennité.

Moi, dans mon coin, dans ma retraite, justement parce que je suis devenu un vieil homme, je ne fais plus que bavarder.

Je rêvassais tout à l'heure, comme toujours au moment de la sieste, avant de m'assoupir, et je me suis souvenu du jour où j'ai acheté ma première pipe.

J'avais alors aux environs de treize ans. C'était le début de l'automne. Le mois précédent, pendant les vacances, j'avais connu mon initiation sexuelle.

Je ne sais pas s'il y a un rapport entre les deux événements mais je n'en serais pas surpris. Tout à coup, je me sentais ou je me croyais un homme et la pipe n'est-elle venue prendre sa place dans ma vie que pour l'affirmer?

C'était pendant la première guerre. Les marchands, qui font argent de tout, même des catastrophes, avaient créé un modèle particulier de pipe qu'on appelait les pipes torpilles. Très courtes, massives, elles avaient à peu près, en effet, la forme d'une torpille et elles étaient très à la mode. On les nommait aussi des brûle-gueules, car le fourneau vous touchait presque le nez.

Mes parents ont souri mais ne m'ont pas empêché de la fumer. J'ignore pourquoi j'ai choisi la pipe plutôt que la cigarette ou le cigare. Mon père fumait la cigarette. Il ne possédait qu'une seule pipe qu'il fumait de temps en temps, le soir, en lisant son journal, mais c'était assez rare. Aucun de ses frères ne fumait la pipe. Quant à mon grand-père, il avait une de ces longues pipes de vieillard, dont il tenait le fourneau à la main sur son ventre. Plus tard, à l'époque où j'ai commencé à écrire, c'est-à-dire vers les seize ans, j'en ai acheté une de ce genre, en écume, qui devait me donner une silhouette ridicule.

Je ne me doutais pas que la pipe finirait par faire en quelque sorte partie de moi-même au point que, quand les photographes viennent me voir pour un journal ou un magazine, quand la télévision fait une émission, on ne manque jamais de me dire :

— Votre pipe, Monsieur Simenon!... Sinon on ne vous reconnaîtrait pas...

Ce qui m'a fait penser à la pipe aujourd'hui, c'est une lettre reçue ce matin et qu'Aitken m'a dictée par téléphone. Il s'agit d'un brave homme qui, voilà deux ans environ, m'a demandé par lettre quelle marque de pipe je fumais. Je lui ai donné le nom des deux marques de pipes que je fume depuis des dizaines d'années et qui sont toutes deux anglaises. Depuis, je n'avais plus eu de nouvelles de lui. Dans la lettre de ce matin, il me dit que ces pipes ne sont plus ce qu'elles étaient et qu'elles ont perdu beaucoup de leurs qualités. Il me demande si, moi aussi, j'ai changé de marque.

Il n'en est rien, et je n'ai remarqué aucun changement dans mes pipes habituelles.

Le plus amusant, c'est la suite de la lettre qui est longue et que je résume. Il me rappelle que je possède plus de trois cents pipes dans une sorte de réserve, pour ne pas dire dans ma cave. Il suppose qu'étant donné leur âge, elles ont gardé leurs qualités qu'il recherche et il me propose de m'en racheter un lot.

Je lui ai répondu, toujours par téléphone, que chacune de mes pipes, même si c'est ridicule, a pour moi sa personnalité et que, pour la plupart d'entre elles, je pourrais encore dire quand et où j'ai acheté telle ou telle. Je pourrais même dire à la suite de quel roman je l'ai achetée.

En effet, je n'achète pas une pipe par hasard. Chacune marque un événement, toujours, d'ailleurs un événement heureux ou tout au moins joyeux.

C'était le cas de la fin d'un roman, une sorte de récompense que je m'accordais, un peu comme, à certaines dates de l'année, on donne un jouet à un enfant.

Je garde donc mes pipes. Si elles sont si nombreuses, il y a à cela une raison fort simple. Je suis devenu petit à petit un vieil homme. Les romans et les événements heureux ont été et sont encore nombreux dans ma vie. Le nombre des pipes s'est donc accru avec le temps et continue à s'accroître.

Tout ce que je souhaite, c'est qu'il s'accroisse encore longtemps mais une chose est sûre : c'est que je ne m'en séparerai pas.

Un détail me revient à la mémoire. Lorsque j'habitais Cannes, il m'est arrivé assez souvent de donner de grandes réceptions. Beaucoup de mes pipes étaient rangées sur mon bureau et il y avait des gens qui allaient et venaient dans toutes les pièces. Je me suis aperçu un jour que, presque chaque fois, une ou deux de mes pipes disparaissaient. Un jeune journaliste a même trouvé naturel de m'envoyer celle qu'il m'avait chipée en me demandant, comme on demande une dédicace, d'y graver mon nom.

Par la suite, quand je donnais une soirée, Aitken était de garde au bureau et veillait à ce que mes pipes ne disparaissent plus.

Je ne donne plus de réceptions et mes pipes sont en sûreté. Ce n'est pas une collection. Certains collectionnent des pipes de divers modèles, de diverses matières. Les miennes se ressemblent comme des frères. Elles sont toutes en racine de bruyère. La plupart sont droites et je suis peut-être le seul à les reconnaître du premier coup d'œil les unes des autres.

Je n'ai jamais rien collectionné. Comme je crois l'avoir dit un jour je serais plutôt un collectionneur d'êtres humains et tous ceux que j'ai rencontrés ont pris place, non dans ma cave, bien entendu, mais dans ma mémoire.

Cela fait beaucoup de monde.

Mercredi 4 août 1976.

Si j'étais poète, j'écrirais : « La complainte de la vieille femme. » En vers, cela aurait pu être délicieux, mais en prose je crains que cela ne paraisse cruel, alors qu'il n'y a en moi aucune cruauté envers les vieilles dames.

Je vis pour le moment parmi des dizaines d'entre elles et peut-être davantage. Je les observe au passage. En réalité, elles m'émeuvent.

Il y a dans l'hôtel, dans la proportion de un sur trois environ, un homme. Ce sont, pour la plupart, des gens nés ou devenus importants qui ont eu le temps de se composer un personnage. Ils ne sont pour la plupart ni beaux ni laids. Ils sont élégants, en tout cas habillés chez les meilleurs tailleurs. Et surtout pleinement satisfaits d'eux-mêmes.

Il n'en est pas de même des vieilles dames. Elles ont été jadis des jeunes filles, jolies, je n'en doute pas, entourées d'une petite cour et dont les hommes tombaient amoureux.

Certaines ont vieilli prématurément ; d'autres, au contraire, ont gardé un charme que j'apprécie.

De toute façon, sauf de rares exceptions, la vieille femme ne ressemble plus et n'a probablement jamais ressemblé aux grand-mères des livres d'images de notre enfance, douces et indulgentes, toujours prêtes à se dévouer soit à leurs petits-enfants, soit aux malades du village, soit à n'importe qui.

Cela tient-il à ce que chez la femme l'attrait physique

vient en premier lieu? Elle est comme un fruit que tout le monde voudrait cueillir. Mais les fruits non plus ne gardent pas longtemps leur fraîcheur.

En général, la femme qui travaille, passé un certain âge, ne se préoccupe plus guère de son aspect physique ni des hommages que peuvent lui apporter les hommes qu'elle rencontre.

Dans le monde d'oisives et d'oisives riches que je côtoie ici et que j'ai côtoyées un peu partout, dans les endroits de luxe, elle se bat jusqu'au bout, passant une bonne partie de son temps dans les salons de massage, chez les coiffeurs, dans les stations où l'on vous promet, par des bains de boue par exemple, de vous rendre votre jeunesse.

Elles finissent par y croire et elles suivent docilement le troupeau de leurs semblables. En outre, l'étalage de leurs richesses, de leurs robes signées de grands couturiers, de leurs bijoux surtout, compense un peu pour elles la jeunesse perdue.

Je ne les trouve pas ridicules. Je les comprends. Tous, tant que nous sommes, hommes et femmes, avons le besoin de survivre à notre jeunesse et à notre âge mûr.

En outre, la bonne grand-mère des images d'Épinal n'est pas un mythe. Elle existe. Elle fait partie du petit pourcentage de femmes qui ne vieillit pas parce que leur cœur et leur esprit ne vieillit pas et qu'elle ne les remplace pas, comme la plupart des femmes que je rencontre ici, par une question de statut.

Je pourrais dire de dignité. De fausse dignité. Car elles s'habillent et se comportent comme si elles étaient des êtres d'un autre monde.

La plupart d'entre elles ont été, je le répète, des jeunes filles adorables ou tout au moins charmantes. Celles qui le restent sont celles qui ont accepté la loi de la nature, celle du vieillissement. Les autres, au contraire, et je crois que c'est la majorité, se sont aigries et se sont prises d'une sorte de haine vis-à-vis d'un monde où elles ne règnent plus que par leurs bijoux et leurs toilettes.

Je les plains. Si j'avais écrit un poème, cela se sentirait davantage. Elles sont malheureuses mais elles relèvent fièrement le menton et, si on avait le malheur de s'adresser aux êtres qu'elles sont devenues en toute simplicité, on risquerait fort de se faire griffer au visage, en tout cas de se faire remettre vertement à sa place.

Pourquoi cette honte à vieillir? C'est un privilège qui n'est pas donné à tout le monde et dont on devrait jouir paisiblement au lieu de se battre jusqu'à la dernière heure.

Pitié pour elles, pour toutes celles qui s'efforcent de remplacer l'éclat de leur jeunesse passée par l'argent, les bijoux, la dignité sociale et par une fausse distinction qu'elles appellent leur statut social.

Mardi 10 août 1976.

Il y a un mot qui me fait encore frissonner ou plutôt qui me barbouille jusqu'au plus profond de moi-même. C'est le mot : solitude. J'en suis arrivé à reconnaître les solitaires dans la rue, dans les bistrots, partout où on les rencontre.

Je parle, bien entendu, des solitaires individuels, c'est-à-dire des solitaires absolus. Je ne sais pas si je pourrais supporter cet état. J'en doute.

Il existe par contre une autre solitude que je considère comme réconfortante et presque voluptueuse : c'est la solitude à deux.

Nous avons été très heureux, Teresa et moi, dans notre petit hôtel de Saint-Sulpice. Mais c'était un hôtel familial, où nous connaissions chacun et où l'on ne pouvait pas réellement parler de solitude.

Au contraire de ce que bien des gens pourraient penser, c'est ici, dans un palace de deux cent cinquante chambres, où il y a un va-et-vient continu, que nous connaissons la véritable solitude.

Une seule fois, le jour de notre arrivée, nous avons déjeuné et dîné dans la salle à manger où il y avait je ne sais combien de personnes qui parlaient à voix plus ou moins haute et où le personnel était si nombreux qu'on ne reconnaissait pas le maître d'hôtel, les capitaines, comme on dit en langage hôtelier, les chefs de rang, les garçons. C'était un tourbillon incessant et, parce que j'ai été romancier, une bonne partie des clients observaient chacun de nos gestes, tendaient l'oreille à chacune de nos paroles.

Nous avons décidé de nous enfermer dans notre appartement, où nous passons nos journées et où nous prenons nos repas, avec sous les yeux une vue somptueuse sur le lac Léman.

Du coup, nous n'avons pratiquement plus aucun contact. Deux fois par jour, dans notre maison rose et comme à Saint-Sulpice, nous allons faire notre traditionnelle promenade. Le reste du temps, nous vivons « intra muros ». Les seules personnes qui pénètrent chez nous sont le garçon qui nous apporte nos repas et, le matin, pendant notre première promenade, la femme de chambre et le valet de chambre qui ont terminé le nettoyage avant notre retour.

Autrement dit, nous sommes seuls, face à face, pendant le plus grand nombre d'heures de la journée. Or, nous ne nous ennuyons jamais. Nous sommes calmes et heureux. Parfois, lorsque nous sommes obligés de nous engager dans les couloirs pour atteindre le parc, des inconnus ou des inconnues nous saluent, et nous leur rendons leur salut, mais, en tout, nous n'avons parlé quelques instants qu'avec deux personnes.

Je ne crois pas que ce plaisir de cette solitude à deux vienne de mon âge. Certes, je n'ai plus les mêmes curiosités qu'à vingt ou vingt-cinq ans. Il n'empêche que je savoure cette vie intime, bien plus profonde qu'on pourrait le croire, au milieu d'un palace de deux cent cinquante chambres.

La direction s'évertue à multiplier les occasions de rencontre et, chaque soir, nous nous endormons aux sons d'une harpe qui joue de vieilles mélodies du temps de Louis XIV ou de Louis XV. Cela n'empêche pas notre sommeil, pas plus que le passage de vedettes comme Sylvie Vartan ou Gilbert Bécaud qui sont incapables de nous faire sortir de notre appartement.

On se fait une fausse idée de ces caravansérails dits de luxe où on veut vous amuser coûte que coûte. Rien de ce qu'on vous offre comme délassement ne vaut notre tête-à-tête.

Deux fois seulement en trois semaines nous sommes allés au casino. J'ai même joué, ce qui ne m'était plus arrivé depuis bien avant la guerre. J'ai d'ailleurs joué petit jeu, car il m'était indifférent de gagner ou de perdre.

Pourtant, je me suis senti honteux d'entrer dans cette grande machine des jeux qui couvre le monde entier. Il me semblait que je devenais un pantin aux ordres des croupiers et de la direction.

J'ai voulu que Teresa joue de son côté, avec des jetons encore plus petits que les miens, et elle n'a pas cessé de gagner.

J'ai encore une partie de ces jetons, des billets en lesquels ils ont été transformés. J'en ai des remords et, avant de quitter Évian, je compte aller mettre le tout sur un seul numéro afin d'être à peu près sûr de perdre. Je me sentirai hors d'un système que j'abhorre et dont je ne veux pas devenir un des éléments.

Quant aux deux cent quarante-neuf autres locataires de l'hôtel, nous les voyons passer des journées entières (sauf aujourd'hui où il pleut) affalés, soit dans les fauteuils du salon, soit dans les fauteuils de rotin du parc. Quelques-uns vont à la piscine, non pas tant pour nager, car elle ne s'y prête guère, mais pour se dorer au soleil sur les bords.

Je viens d'être interrompu par le garçon d'étage qui passe chaque jour pour nous demander notre menu de midi et du soir. Le calme règne à nouveau. J'ai appris hier que mon ami Fellini, qui est un des hommes que j'admire le plus, n'est pas loin d'ici, mais de l'autre côté du lac, et il est probable que je ne pourrai pas le voir.

Il me reste à avouer une chose : le meilleur moment de notre journée, que nous accueillons chaque jour avec un soupir de joie, est celui où nous nous mettons au lit. Il nous arrive d'avancer l'heure de nous coucher, comme si nous attendions que l'univers se rétrécisse et que nous ne restions plus que nous deux.

Un autre aveu : nous nous endormons régulièrement la main dans la main, comme deux enfants.

Même jour, sept heures quarante-cinq du soir, tout au moins en France, car les pays dépendant du même fuseau horaire ont changé leur attitude et on ne sait plus l'heure qu'il est en Suisse, en Italie, en France, ou en Angleterre. Cela s'appelle cependant l'Europe.

Si je suis troublé aujourd'hui, c'est en essayant de me faire une idée de ce que pensent les hommes ordinaires, ce que j'ai appelé les petits hommes, dont je suis, de la tourmente qui s'est petit à petit établie sur le monde entier. On pourrait compter sur les doigts de la main les pays, qu'ils soient d'un continent ou d'un autre, qui vivent réellement en paix.

Certes, pendant les siècles de ce que nous appelons la civilisation, il y a toujours existé des points chauds, des endroits où l'on se battait, tribu contre tribu, roi contre roi, empereur contre d'autres empereurs ou candidats empereurs.

Jamais, à mon avis, qui n'est pas nécessairement le bon, ce bouillonnement n'a atteint au même moment, avec autant d'intensité, notre petite boule terrestre entière.

Non seulement les pays se dressent les uns contre les autres, s'arment les uns contre les autres, quitte à faire éclater notre terre et à nous anéantir tous, mais, dans chaque pays, les factions luttent contre d'autres factions.

Les plus dangereux, bien entendu, sont les militaires. Il y a longtemps que l'on écrivait des opérettes sur les coups d'État que les généraux sud-américains suscitaient régulièrement, non seulement tous les ans, mais parfois, dans certains de leurs pays, tous les mois ou tous les trois mois.

C'était presque un jeu semblable à la roulette. Il s'agissait pour chacun de s'emplir les poches et de prendre une retraite qu'ils considéraient méritée et qu'ils venaient d'ailleurs passer, le plus souvent, à Paris ou à Londres.

La formule a fait de nouveaux adeptes. Elle a gagné d'autres continents. Mais ce ne sont plus seulement les militaires (tous généraux, bien entendu, ou à tout le moins colonels) qui tiennent la dragée haute.

On pourrait s'étonner que, dans cette année 1976, qui voit le monde en ébullition et qui assiste à des catastrophes épouvantables, je ne parle que de mon petit homme.

C'est que, à mes yeux, c'est avant tout lui qui compte, lui seul qui paie les ambitions de ce qu'on appelle les grands de ce monde, lui seul qui, jour après jour, souffre de la situation mondiale, que ce soit dans un pays ou dans un autre.

Il est d'ailleurs manipulé d'une façon qu'il ne soupçonne même pas. Notre époque est, paraît-il, celle de l'information des masses. Jadis, il y avait jusqu'à quatre-vingts pour cent d'illettrés et les journaux, qui n'avaient que quatre ou six pages, n'étaient lus que par l'instituteur, le curé, quelques-uns qu'on appelait des intellectuels.

La radio est née, puis la télévision, qui auraient pu permettre d'introduire l'actualité du monde jusque dans les plus humbles villages.

Dans ma demi-retraite, je lis beaucoup de journaux, y compris des journaux et des magazines étrangers. J'écoute la radio plusieurs fois par jour et la télévision.

Or, cela finit par créer dans mon esprit un véritable chaos. D'une émission de radio, pourtant subventionnée par l'État, quand le poste ne lui appartient pas entièrement, à une émission de télévision, dépendant elle aussi de l'État, les différences, qui ne jouent parfois que sur quelques mots, sont flagrantes.

Il n'en est pourtant pas ainsi partout. Aux États-Unis, par exemple, où j'ai vécu de longues années et que je connais bien, la liberté du journaliste est entière, comme l'a prouvé l'affaire du Watergate, dans laquelle deux reporters indépendants ont mis fin à la carrière d'un Président.

Un autre scandale vient d'éclater, mettant en cause un des personnages les plus puissants de la politique américaine.

La loi protégeant la liberté individuelle y est pourtant plus sévère que partout ailleurs. En effet, toute allégation non appuyée sur des preuves formelles, contre un individu, quel qu'il soit, peut coûter des centaines de milliers de dollars de dommages et intérêts sans compter, éventuellement, un certain nombre d'années de prison.

On parle de presse libre. Comme toute chose, c'est relatif. Cette liberté dépend, non des lois, mais du propriétaire du journal, sinon de la chaîne de journaux, car ils sont quelques-uns à posséder quinze ou vingt journaux, sans compter les émetteurs de radio et de télévision.

Il est évident que chez ceux-là, qui défendent de gros intérêts financiers, le petit grouillot qui soulève un scandale n'a pas beaucoup de chances de se faire entendre.

Il n'en reste pas moins que quelques journaux et magazines sont entièrement libres d'écrire ce qu'ils découvrent. Encore une fois, la démission d'un Nixon en est une preuve dont je ne connais d'équivalent nulle part ailleurs.

On nous ment, ne fût-ce que par omission, matin, midi et soir, à chaque émission, qu'elle soit de radio ou de télévision ou que ce soit dans les colonnes des journaux. On nous ment pour nous endormir, pour nous empêcher de capter la réalité et de nous faire un jugement personnel.

On vient de frapper cruellement dans leur carrière deux célèbres chirurgiens français qui sont en même temps des chirurgiens mondialement connus et respectés et ont guéri des maladies ou des malformations, incurables avant eux.

Ce ne sont pas les juges, les magistrats, qui ont pris ces décisions. C'est le ministre des Finances, pour des raisons d'impôt sur le revenu. Et, bien entendu, le Président de la République a approuvé.

Je ne peux pas m'empêcher de penser à Pasteur. L'impôt sur le revenu n'existait pas mais était remplacé par un impôt sur les pianos, sur le nombre de fenêtres et sur les chiens.

Pasteur menait une vie dure, avec très peu de moyens, et si l'impôt sur le revenu avait existé, s'il avait eu besoin d'argent pour continuer ses recherches, peut-être aurait-il été tenté, lui aussi, de tricher quelque peu dans ses déclarations?

Qu'en serait-il advenu de la science d'aujourd'hui, des millions de gens que ses découvertes ont sauvés?

Tout cela me trouble et m'empêche de dicter avec le plaisir que j'avais à le faire. Que la Croix-Rouge, au Liban, soit attaquée farouchement alors qu'elle s'efforce de sauver des blessés, dont des femmes et des enfants, qu'un fou ou demi-fou comme Amin Dada puisse faire une hécatombe de tout ceux qui résistent à son pouvoir, que tous les pays, contre les décisions de l'O.N.U., se battent pour fournir des armes à l'Afrique du Sud, où le Noir est encore considéré comme du bétail, qu'un Président de la République Française, bientôt suivi par son Premier ministre, aille solliciter, de pays en pays, comme un mendiant, des commandes d'avions de chasse, de sous-marins, de chars de combat, d'installations pour l'énergie atomique, tout cela me dégoûte tellement qu'il me faut, ce soir en dehors de mes heures habituelles, prendre mon courage à deux mains pour dicter.

Je ne suis pas un pessimiste professionnel. Au contraire, je garde ma foi en l'homme, mais, à mes yeux, toutes ces gens-là, malgré leurs diplômes, n'ont plus le droit au titre d'homme.

J'ai parfois honte de mes dictées, surtout quand il y est question de politique, qu'elle soit nationale ou internationale. Je me sens un peu comme ce que l'on appelait, pendant la guerre, pendant les deux guerres en réalité que j'ai vécues, un client du « Café du Commerce ». On parlait de ces stratèges-là, avec un mépris profond.

Mais je me souviens aussi de généraux, aux képis étoilés et à la poitrine couverte de décorations, qui, d'un trait de plume, loin du front le plus souvent, décidaient telle ou telle offensive en sachant que chacune d'entre elles entraînerait la mort de cinquante mille ou de cent mille hommes.

Ces généraux-là ont aujourd'hui une statue en bronze, souvent équestre, leur nom donné à une multitude de rues et d'avenues à travers le pays.

Je me demande quel était leur état d'esprit lorsqu'ils signaient l'ordre de l'offensive.

Étaient-ils des gens comme les autres, et leur idéal à eux prenait-il en considération l'homme ordinaire ?

Est-ce qu'une certaine éducation, une certaine école, comme Saint-Cyr ou Polytechnique, vous dessèche à ce point ? Je l'ignore.

Depuis quelques semaines il s'est produit en France, comme d'ailleurs un peu partout dans le monde, des actes de violence. Peu d'entre eux avaient l'argent comme mobile. Presque tous ceux qui s'y sont livrés avaient, eux aussi, un idéal mais, à la différence des généraux, ils étaient en première ligne et jouaient leur peau.

Quand aux autres, ceux qu'on appelle les criminels ordinaires, ou, dans certains journaux, les « monstres » qu'étaient-ils d'autre que des hommes ?

On vient de couper la tête à l'un d'eux. Je prévois, d'après les actualités, que quelques autres têtes vont tomber. Est-ce un remède ?

Tous les psychiatres, tous les criminologistes, affirment le contraire et je suis plus tenté de les croire que de croire les hommes politiques qui, ne pensant qu'à leur réélection, cherchent à flatter le goût du sang public.

De tout temps, le peuple a eu le goût du sang, et s'est régalé des exécutions, si barbares soient-elles, comme par exemple l'écartèlement qui faisait place comble et pour le spectacle duquel on payait très cher un coin de fenêtre ou de balcon.

Par contre, bien peu de généraux, dans l'histoire, ont été poursuivis par la vindicte publique pour avoir provoqué des dizaines, des centaines de milliers de morts. Au contraire, on leur a élevé des statues.

Je crois profondément que, quand la psychologie, la psychiatrie, la biologie, auront encore accompli quelques progrès, et nous nous en rapprochons assez rapidement, on les mettra tous dans le même sac.

Le jeune voyou du métro, comme on dit aujourd'hui, l'assassin de la vieille rentière ou le coupable d'un hold-up souvent enfantin, seront jugés sur un même plan.

Mais les gouvernements ont peur. Ils tremblent devant les réactions d'une opinion publique qu'ils dirigent eux-mêmes. Ce sont eux qui créent, par les journaux et par tous les media, par leurs déclarations tonitruantes, cette haine de tout homme qui n'a pas eu la chance d'être né conformiste et de voter dans le bon sens.

Je m'excuse, une fois encore, de me mêler de ce qui ne me regarde pas. Mais, entre un général et un assassin, je ne fais, au fond, aucune différence.

La différence entre les généraux, les maréchaux et les fameux petits « voyous », c'est que les premiers meurent dans leur lit, invariablement, tandis que les autres sont à la merci d'une décision politique du Président de la République.

Même jour, dix minutes plus tard.

Je me rends compte que, depuis quelque temps, je deviens de plus en plus amer dans mes propos et de plus en plus violent. Mais qui donc aurait le droit de parler librement, sinon les vieillards? Ils n'ont plus rien à perdre. A moins qu'ils n'ambitionnent un siège à l'Académie Française ou une cravate de Commandeur de la Légion d'Honneur, ils sont devenus libres.

Les autres, les plus jeunes, risquent par des propos malencontreux de ruiner leur carrière et, par le fait, la vie de leur famille.

J'aurais pu découper dans les journaux des centaines de cas de ce genre. Je ne l'ai pas fait; ils n'en existent pas moins.

Le monde, où que ce soit, est aujourd'hui à la merci de gros financiers dont nous ne connaissons pas le nom, et qui, comme les généraux, ne risquent rien. Ils dirigent leurs affaires dans l'anonymat, en se servant des lois des divers pays qui leur permettent, comme dans les casinos, de jouer le noir ou le rouge, un numéro plutôt qu'un autre, d'échafauder des combinaisons de carrés, de pairs ou d'impairs, de transversales, de tout ce qui fait pour eux, car ce sont généralement de gros joueurs, le sel de la terre.

Il est difficile aujourd'hui de savoir à qui telle ou telle société appartient. La Suisse vient de déclarer aujourd'hui même qu'il n'y avait sur le territoire helvétique aucune

124

usine polluante. Les autres pays riches, comme on dit aujourd'hui, car il n'y a plus seulement des individus riches et des pauvres, mais des pays riches et des pays pauvres, où la vie est entièrement différente, y veillent aussi. Les usines polluantes, on les installe dans les pays pauvres. Par-dessus le marché, on prétend collaborer ainsi à leur développement.

Ce qui m'a frappé ce matin et m'a fait bouillir le sang, c'est la déclaration officielle de Hoffmann La-Roche, à Bâle. Le communiqué, rédigé pour être répandu le plus largement possible, annonce que cette société, pendant dix ans, couvrira les frais (*matériels*) de la catastrophe de Seveso. Les frais *matériels*, je ne sais pas si vous avez bien compris. Les maisons, les terrains, ils en prendront la charge, parce qu'ils ne peuvent pas faire autrement.

Mais le communiqué ne dit pas un mot des hommes, des femmes et des enfants.

La Société avait d'ailleurs déclaré, il y a une semaine, qu'elle était largement couverte par les assurances pour tous les accidents de ce genre.

Les accidents matériels, bien entendu. Les questions d'argent. Toujours l'argent. Le seul but et le seul idéal des sociétés internationales.

Que toute une population soit bouleversée et qu'elle subisse pendant des années les effets de telle fabrication, cela n'a pas d'importance. Ils sont assurés contre toutes les conséquences *matérielles* de ce qui, encore assez mystérieusement, dure depuis des années dans un certain nombre de « pays pauvres » et ce qui a fait leur fortune.

Je n'ai rien à ajouter. Ce communiqué est la condamnation de la politique de l'argent, mais ce n'est pas à ces messieurs qu'on coupera la tête ni que M. Giscard d'Estaing manquera de gracier.

L'Histoire se répète ainsi depuis des siècles et c'est étonnant, sinon par miracle, que le petit homme vive encore.

Pour comprendre mes pensées d'hier au soir, je suis obligé de faire un peu de topographie, ce qui ne me ressemble pas.

L'hôtel où je passe la seconde moitié de mes vacances se trouve à flanc de coteau, un coteau très escarpé, qui domine le lac, le débarcadère, le casino, l'établissement de bains, d'environ un bon kilomètre et davantage.

Jusqu'ici, nous sommes descendus deux ou trois fois en taxi. Malheureusement, la rue principale, commerçante, pittoresque d'Évian, est à peu près aux trois quarts du chemin entre l'hôtel et le lac mais elle est interdite aux voitures, ce qui lui donne un aspect bon enfant.

On y rencontre aussi bien des gens habillés pour la ville que des hommes et des femmes en maillot de bain. Tout cela grouille, va d'une vitrine à l'autre, d'une boutique à l'autre et, hier, j'ai eu grande envie d'aller me promener dans cette rue-là.

Je n'ai pas pris de taxi, qui n'aurait pu me déposer, qu'à un des deux bouts de la rue assez longue qui s'appelle humblement la rue Nationale.

Le concierge nous a signalé un petit chemin par lequel nous pouvions descendre à pied. Nous avons donc gagné, Teresa et moi, ce chemin qui dégringole littéralement la pente presque abrupte de la colline, longeant les rails rouillés d'un ancien funiculaire depuis longtemps disparu.

Nouvel accident de parcours. J'ai dicté deux fois du même côté d'une bobine. Qu'ai-je dicté? Je ne m'en souviens pas car je ne m'écoute jamais.

Je ne vais donc pas essayer de reconstituer un texte, qui ne doit pas avoir plus d'importance que tout le reste.

Je viens de parler de mode (?) en ce qui concerne la couture. Je me suis permis un rapprochement avec ce qui se passe en littérature. En littérature, il y a pourtant du nouveau.

Les auteurs, y compris ceux que l'on pourrait considérer les plus sérieux, ont pris l'habitude, à la sortie de leurs livres, d'aller faire des séances de signatures dans les librairies de France, de Belgique et de Suisse.

Non seulement ils sont des écrivains, mais ils se font les commis voyageurs pour leurs propres produits.

Et cela, c'est neuf. D'ici à ce qu'ils fassent du porte à porte, comme pour les dictionnaires, les encyclopédies et autres collections importantes, il n'y a plus qu'un pas.

Post-scriptum.

En dehors des romans néo-populaires que j'ai cités (?), et dont les héros sont le plus souvent des marquises, des comtes, des princes, comme au siècle dernier, il y a une autre littérature, si l'on peut dire, qui suit d'aussi près que possible l'actualité.

Récemment, un livre est paru cinq jours après que l'événement a eu lieu, c'est-à-dire que l'auteur, comme l'imprimeur et toute son équipe, ont travaillé jour et nuit pour être sûrs d'arriver les premiers.

Les journaux à sensation, au lieu de publier comme jadis de grandes enquêtes, signées souvent de noms célèbres, se contentent de couper dans les livres récemment parus, que ce soit en France, en Amérique, en Allemagne, mais surtout en Amérique, un certain nombre de pages qui constituent leur « grand reportage ».

Autrement dit, le roman populaire n'existe plus seulement dans le feuilleton, mais on le trouve à la une ou à la deux sous forme d'enquête sur l'actualité la plus brûlante possible.

C'est ce que j'appelle de la fabrication et quand les éditeurs se plaignent de la crise du livre, je leur réponds que c'est eux qui manquent d'imagination et d'audace.

Le livre se vendra bientôt dans des machines à sous, comme les cigarettes et le chewing-gum. Il aura peut-être le même goût.

Il est onze heures moins le quart. Autrement dit, je suis une demi-heure en retard à peu près, car d'habitude je dicte dès mon retour de ma première promenade.

Or, je n'ai absolument rien à dire. Je pourrais résumer la situation en changeant légèrement une phrase célèbre :

— Je dicte, donc je suis.

Les jours où je ne dicte pas, en effet, c'est un petit peu comme si je manquais le repas principal. Je sens un vide en moi, le besoin de m'exprimer, mais il m'arrive, comme aujourd'hui, de ne pas savoir quoi exprimer.

Pourtant, ce n'est pas que les souvenirs n'affluent à ma mémoire. Des anecdotes, qui concernent la plupart de mes contemporains et des ex-contemporains que j'ai connus sont multiples et il est probable que le public y serait plus intéressé qu'à mes pensées souvent passagères.

On pourrait compter dans toutes mes dictées, et j'en suis au neuvième volume, le nombre de noms propres cités. Je respecte trop la personnalité de chacun pour mettre qui que ce soit en cause, sauf, parfois, ceux qui se mettent en cause eux-mêmes en prétendant tout connaître de la façon de diriger un pays et d'y garder, au-dessus de la foule, une place exceptionnelle où tout est permis.

Je ne vais pas, je le promets, parler à nouveau de politique, comme cela m'est arrivé ces temps-ci, presque par la force des choses. Il faut laisser les ambitieux poursuivre leur carrière qui, d'ailleurs, après leur avoir donné un certain nombre de satisfactions, finit presque toujours mal.

L'actualité mondiale d'aujourd'hui nous en donne une nouvelle preuve. L'actualité de demain nous en donnera d'autres. Il en a été ainsi au cours de l'histoire.

Alors, à quoi bon se fâcher ? Je sais qu'il y a des jours où je me sens un homme en colère, mais je sais aussi que la colère ne vaut rien, ni à celui qui la ressent plus ou moins douloureusement, ni aux autres.

Aujourd'hui, je me sens une âme paisible et peut-être serais-je capable, dans un moment de faiblesse, de serrer la main à un Monsieur Chirac.

Je n'avais rien à dire en commençant ; au fond, je n'ai rien dit, sinon que je ne suis qu'un innocent de plus dans la foule.

Avant la guerre, alors que j'habitais provisoirement Paris, j'avais décidé un beau jour de ne plus serrer de mains sales. J'ai tenu bon pendant deux ou trois ans, je ne sais plus au juste. Cette décision concernait des gens qui m'appelaient leur ami.

J'ai fini par me rendre compte que le nombre de mains à serrer devenait de plus en plus rare et que, même pour celles-là, il fallait beaucoup d'indulgence. Cela n'a rien changé à mon opinion sur certains, sur beaucoup. Mais, pour reprendre un mot que j'employais quand j'étais petit en l'appliquant à certains oncles ou à certaines tantes, j'ai « fait semblant ». Si demain je me résignais à serrer la main de ceux qui nous gouvernent, je ferais semblant aussi.

Même jour, 4 heures de l'après-midi.

Je suis toujours surpris quand je m'aperçois de la longévité de nos souvenirs d'enfance, parfois simplement le souvenir d'une phrase entendue par hasard, d'autres fois, le souvenir d'une silhouette de quelqu'un à qui je n'ai jamais adressé la parole.

Or, plus j'avance en âge, plus je m'aperçois que ces souvenirs affluent, même si je les ai oubliés pendant de nombreuses années.

Cela m'explique les plaidoiries du siècle dernier dont on a tendance aujourd'hui à se moquer. Ayant à défendre un criminel, les avocats de l'époque, comme Maître Laborie, évoquaient pendant des heures, avec de grands effets de manches et des trémolos dans la voix, l'enfance de son client. S'il ne tirait pas les larmes des spectateurs et des jurés, sa plaidoirie était considérée comme ratée. Il en était de même, d'ailleurs, des autres avocats qui n'avaient pas la même célébrité et le même art que lui.

Il n'y a pour ainsi dire pas de jour où il ne me revienne pas à l'esprit un souvenir de mes premières années et je m'en suis encore aperçu hier soir.

— Surtout, ne lâche pas ta petite sœur.

Ce qui m'y a fait penser, hier au soir, c'est que Teresa et moi, avant de nous endormir, nous prenons machinalement la main et le sommeil a dû nous surprendre souvent dans cette pose.

132

Cela dure depuis longtemps mais c'est un geste si peu voulu que je l'attribue aujourd'hui à ce vieux souvenir du petit garçon et de la petite fille.

En somme, Teresa joue le rôle de la petite sœur sur laquelle il faut veiller, tandis que je m'imagine jouer le rôle du grand frère. La réalité est tout le contraire. A mon âge, je suis plus faible qu'elle, et c'est elle qui veille sur moi.

Les rôles sont renversés, mais je serais bien incapable de dire si c'est sa main qui, au moment où nous allons nous assoupir, cherche la mienne, ou si c'est ma main qui cherche la sienne.

D'autres souvenirs m'ont poursuivi toute ma vie et ont certainement une influence même sur mes pensées d'aujourd'hui.

Lorsque je suis entré au collège Saint-Servais, mes parents n'avaient pas les moyens de payer le plein tarif qui était très élevé. Comme j'étais sorti premier de l'école primaire, on m'a accepté avec un prix inférieur.

Le collège, à cette époque, enseignait surtout à des fils de banquiers, d'industriels, de commerçants prospères. Il y avait cependant, dans ma classe, un autre élève dans mon cas. Il s'appelait Neef et il habitait à plusieurs kilomètres de la ville, kilomètres qu'il parcourait chaque matin et chaque après-midi à pied, car il n'y avait pas d'autres moyens de locomotion pour gagner son village.

Il était grand, maigre, assez rustre, et d'une intelligence très moyenne. On l'appelait « Neef-le-pauvre », par opposition à un autre élève, fils de châtelain, qui arrivait le matin à cheval, suivi d'un palfrenier sur un autre cheval, et qui était d'une arrogance insupportable.

Nous avions donc comme condisciples Neef-le-pauvre et Neef-le-riche. Je n'ai pas dû beaucoup changer pendant ma vie déjà longue puisque c'est Neef-le-pauvre que j'ai choisi comme ami et il a été question, à un moment donné, que je me fiance avec sa sœur qui, entre parenthèses, était loin d'être jolie, pour ne pas dire qu'elle était carrément laide.

J'ignore, ayant quitté Liège à dix-neuf ans, ce que Neef-le-pauvre est devenu. Mais j'ai su, car cela s'est passé alors que j'habitais encore la Belgique, que Neef-le-riche, qui s'adonnait à l'escrime, s'est trouvé devant un adversaire dont le fleuret s'était démoucheté. Il a eu un œil crevé et en est mort peu après, alors qu'il n'avait pas dix-neuf ans.

Lorsque, il y a une quinzaine d'années, j'ai passé trois ou quatre jours à Liège, car mes compatriotes avaient insisté pour que je fasse partie de l'Académie, j'ai demandé qu'on réunisse, non pas mes anciens camarades de collège, mais ceux de l'école primaire. On a organisé à cet effet un grand déjeuner. Je me suis étonné de quelques vides, entre autres de l'absence d'un nommé Van Hamme, qui avait été pendant six ans mon concurrent direct, si je puis dire. Van Hamme avait une grosse tête, des yeux candides. Il se mêlait assez peu à nos jeux pendant les récréations. Mais, à chaque examen, c'était chacun notre tour d'arriver le premier.

J'ai voulu savoir ce qu'il était devenu. On m'a répondu qu'il était entré au Service des Eaux de la Ville de Liège mais que, depuis plusieurs mois, il était alité.

Contrairement à Neef-le-Riche, c'était un doux, un humble, animé d'une volonté farouche. Il est mort quelques mois plus tard.

Je ne veux pas, aujourd'hui, multiplier les souvenirs. Il y en a trop. Mais n'y a-t-il pas aussi trop de mémoires de chanteurs, de chanteuses, d'hommes politiques, la plupart du temps écrits par des nègres ?

Mes souvenirs sont moins pittoresques. Mais, par je ne sais quel miracle, qui doit se produire pour chacun d'entre nous, ils sont restés dans mon esprit et dans mon cœur.

Ce soir, nous nous endormirons encore, Teresa et moi, la main dans la main, que ce soit à cause de l'image du frère et de sa petite sœur ou non.

A ce moment-là, j'ai la sensation d'avoir encore leur âge.

Dimanche 15 août 1976.

On peut dire que mes débuts dans ce que j'appellerais ma vie professionnelle ont eu lieu à l'âge de seize ans. Je venais d'hériter des vêtements d'un cousin riche, mort, non pas à la guerre, qu'il avait pourtant faite courageusement, mais de ce que l'on nommait la grippe espagnole.

Du coup, j'ai porté pour la première fois des longs pantalons car, à cette époque-là, c'était le grand tournant entre l'enfance et l'adolescence.

Je suis entré comme petit reporter à la *Gazette de Liège*. Quelques mois après, j'y écrivais un billet quotidien qui s'appelait « Hors du Poulailler » afin de bien marquer que les idées que j'exprimais n'étaient pas nécessairement celles du journal.

Je lisais une dizaine de journaux par jour et il arrivait assez souvent que mes billets étaient consacrés à l'actualité.

Je me retrouve maintenant à l'autre bout d'une existence, pour ne pas dire d'une carrière — un mot que je n'aime pas. Et je m'aperçois que, petit à petit, mes dictées inspirées par l'actualité rejoignent presque, par la colère ou l'indignation, celles du garçon de seize ans.

On dira peut-être que je mets souvent de la véhémence sinon de la rage à les exprimer. On mettra alors mes colères sur le compte du gâtisme.

J'avais les mêmes à seize ans. Je les exprimais avec un peu plus de prudence pour ne pas être mis à la porte du journal.

Je les ai gardées toute ma vie durant mais, à travers mes romans, celui qui sait lire peut les retrouver.

Depuis que je dicte et que je suis hors circuit, il m'arrive de plus en plus souvent, surtout ces derniers temps, de laisser éclater mes indignations.

L'homme que je suis à soixante-treize ans a retrouvé le jeune reporter bouillant que j'étais à seize.

Si j'en parle aujourd'hui, et on dira sans doute que je frappe toujours sur le même clou, c'est qu'avant-hier je lisais un article publié dans un journal à grand tirage, qui se veut et qui est d'ailleurs le plus populaire de France, destiné au grand public, et s'efforçant, depuis bien des années déjà, de s'adapter à ses goûts.

Or, cet article n'était pas consacré à une vedette quelconque, que ce soit du cinéma ou de la chanson, ou encore à l'héritière de ce qu'on appelle une grande famille.

Il s'agissait plus simplement du cancer. Inutile de dire que l'article était un article de vulgarisation, mais qu'il puisait néanmoins ses racines dans les conclusions non prouvées de quelques chercheurs isolés.

On y fournissait des statistiques qui, pour les lecteurs peu avertis de ce journal, ont dû paraître indiscutables.

Avez-vous eu des parents morts du cancer? Si vous en avez eu un sur deux, vos chances de l'avoir à votre tour sera de tant de pour cent. Si vous en avez eu deux, le pourcentage augmente en proportion.

Mais il faut tenir compte de vos grands-parents et de vos arrière-grands-parents. Pour ne pas dire d'un nombre plus grand de générations, le cancer pouvant rester latent pendant de nombreuses années, sinon pendant des siècles, pour revivre à nouveau dans le corps d'un bébé d'aujourd'hui.

J'ai déjà parlé plusieurs fois du danger de la vulgarisation médicale, même quand elle est pratiquée par d'illustres professeurs.

Qu'un journal à grand tirage, qui se vante d'avoir le plus grand nombre de lecteurs de France et qui par conséquent touche les couches les moins averties de la population, publie une statistique de ce genre, qui n'est d'ailleurs pas scientifiquement établie, est à mon avis une sorte de crime.

Combien de gens, de centaines de milliers de gens, cet article va-t-il plonger dans l'inquiétude? Peu d'entre nous connaissent les raisons de la mort de leurs grands-parents et à plus forte raison de leurs arrière-grands-parents, de leurs arrière-arrière-grands-parents?

Il y a encore cinquante ans, d'ailleurs, on parlait fort peu de cancer et il n'était pas toujours décelé par les médecins de famille.

J'imagine les gens, dans les fermes et dans les H.L.M., s'interrogeant, comme des hobereaux, sur un arbre généalogique qu'ils ne connaissent pas ou auquel ils n'ont jamais accordé d'importance.

Chacun ne recherche pas parmi les servantes de Louis XV celle dont il pourrait être issu.

Or, créer une inquiétude, voire le doute ou l'angoisse, c'est parfois, on le sait aujourd'hui, créer la maladie.

C'est pourquoi je suis indigné une fois de plus, comme je l'ai été peut-être trop souvent ces derniers temps. Je vis trop près de l'homme de la rue pour ne pas savoir que les répercussions des articles du genre de celui dont je parle, peuvent influencer et gâcher la joie de vivre.

Si je suis pour la liberté de la presse et de l'information, encore faudrait-il que certaines de ces informations ne soient diffusées que dans des revues spécialisées ou que certaines communications de chercheurs soient restreintes à des congrès de médecins.

A mes yeux, ces articles à sensation, outre de n'être que des opérations commerciales, constituent une malhonnêteté, sinon, et je pèse mes mots, un crime.

Avant la guerre, il y avait certains journaux dont on disait qu'ils exploitaient « le sang à la une ». Il fallait chaque jour un drame bien saignant, et aussi brutal que possible. J'espérais que cette mode disparaîtrait par la suite. Je me suis trompé. Certes, il y a un certain nombre de combats à travers le monde. Il y en a toujours eu. Mais on ne nous montrait pas avec complaisance à la télévision les enfants éventrés et des grandes personnes morcelées. Il est vrai que la télévision n'existait pas mais cela n'en a pas moins commencé quand ces journaux ont commencé à publier des photographies.

Plus atroces elles étaient, plus les photographes étaient félicités. La série continue plus que jamais... On a en outre trouvé un nouveau moyen d'alerter le grand public : la maladie.

Voilà pourquoi je suis si furieux ce matin.

Est-ce que le sadisme existerait à l'état latent chez l'homme ? Je remarque en tous cas que le marquis de Sade n'a jamais eu autant de succès et de fidèles, pour ne pas dire de passionnés, qu'aujourd'hui.

Lundi 16 août 1976.

C'était donc hier le 15 août, si pluvieux qu'à Évian le feu d'artifice préparé pour le soir n'a pas pu avoir lieu. Nous avons donc pu dormir du sommeil du juste sans être interrompus par des pétarades intempestives.

Ce matin, je ne sais pourquoi, je me souviens dans ses moindres détails d'un autre 15 août qui est peut-être le jour où j'ai été atteint d'une certaine gloriole, qui m'a vite passé.

Ce 15 août-là, cela devait être en 1932 et même en 1931, je venais d'achever et de publier mes quatre ou cinq premiers Maigret. Je ne comptais pas sur un succès foudroyant. Je les qualifiais moi-même de semi-littérature.

A cette époque (j'ignore si cela se passe encore ainsi aujourd'hui), chaque 15 août, la Librairie Hachette, installée près des « planches » de Deauville et du Bar du Soleil, invitait le best-seller de l'année à venir signer ses livres en public, sur une table en plein air, face à la librairie.

A mon grand étonnement j'ai été choisi cette année-là et j'avoue que j'en ai été assez excité. Je suis allé à Deauville, non par le train ni en voiture, mais à bord de mon bateau l'*Ostrogoth* qui venait de parcourir les mers du Nord en attendant de s'ancrer près de Morsang, c'est-à-dire un peu au nord de Corbeil et à proximité d'une écluse au joli nom : la Citanguette.

J'avais donc descendu la Seine et je m'étais ancré dans le **port des yachts.**

Je me souviens que je portais une extraordinaire chemise jaune canari à fines rayures bleues. Je me souviens aussi que, ce matin-là, car les séances de signatures commençaient vers onze heures, le roi était mon cousin.

J'ai signé, signé, signé, comme si j'étais un ami intime de tous ceux qui venaient me tendre leur livre. A certain moment, un monsieur d'un certain âge, à l'allure aristocratique, m'a tendu un paquet qui contenait mes premiers romans revêtus de somptueuses reliures en plein cuir, avec, en or et en relief, les armes de sa famille.

Nouvel accident de parcours. Je ne saurai donc ce que j'ai dicté ici et cela n'a pas d'importance.

Cette passion, née en si peu de temps, m'a ébloui, je l'avoue, et j'ai vécu le reste de ce 15 août comme dans un rêve. Me suis-je saoulé? Je ne m'en souviens pas. Toujours est-il que c'est la seule fois de ma vie où je me sois laissé aller à la gloriole.

Ce que je sais, c'est qu'au cours de l'après-midi et des deux ou trois jours suivants, les propriétaires de yachts impressionnants, dont la taille et le luxe écrasaient le pauvre *Ostrogoth,* sont venus, sous un prétexte ou sous un autre, à bord de mon bateau.

J'étais très jeune. Je n'avais pas vingt-six ans. Je ne nie pas que le sang me soit monté à la tête. Je suis certainement allé au casino et il est probable que j'aie joué. Pour autant que je me souvienne, je n'ai ni gagné ni perdu ou, si j'ai perdu, c'était une bien petite somme.

Cela a été mon premier contact avec ce qu'on appelle les grands de ce monde qui tous, à cette époque, se seraient crus déshonorés s'ils ne s'étaient pas montrés le 15 août à Deauville.

Mon vieux fonds de réalisme m'a vite guéri de cette bouffée de ce que je pourrais appeler la notoriété.

Deux jours plus tard, l'*Ostrogoth* quittait le somptueux port de Deauville et j'allais m'embosser, à trente ou quarante kilomètres de là, dans un petit port de pêche, Ouistreham, où je fréquentais non plus les banquiers, les industriels et la noblesse mais les simples pêcheurs.

Là aussi, pourtant, je m'assurai instinctivement d'une certaine supériorité. Pas celle qu'aurait pu me donner mes livres, mais celle de mes poings. Pendant trois ans, je venais de parcourir les boîtes à matelots des pays du Nord. Il se fait que j'avais des poings et des avant-bras en acier. Je défiais volontiers les marins au jeu du bras de fer et je gagnais presque toujours.

Un soir que je devais avoir bu, je les ai défiés à casser une porte d'un coup de poing.

Aucun n'y a réussi. Sauf moi. Je ne prétendrai pas que mon poing n'est pas resté sensible pendant plusieurs jours.

En voilà assez sur ce 15 août-là et sur les jours qui ont suivi.

Un beau matin, j'ai vu une Bugatti s'arrêter devant mon bateau, un homme déjà corpulent en descendre.

C'était Jean Renoir, qui est devenu non seulement un ami, mais comme mon frère, et qui venait m'acheter les droits de mon premier film : *La Nuit du Carrefour.*

Celui-ci a été suivi de beaucoup d'autres. Mais cette rencontre avec Jean Renoir, dont j'avais vu passionnément tous les films, alors qu'on se battait encore dans les salles d'avant-garde et qu'on finissait parfois la nuit au poste, a profondément marqué mes années futures.

Je n'ai plus accepté de séances de signatures, surtout en plein soleil, sur la plage la plus snob du monde.

Ce 15 août-là et les jours qui ont suivi n'en ont pas moins marqué une étape dans mon existence.

Je me demande souvent si un être humain peut, avec la meilleure volonté du monde, comprendre les autres humains. S'il en était ainsi, il n'existerait probablement pas de guerre ou de révolution.

Nous nous croyons chacun exceptionnel et nous refusons de nous mêler réellement au commun des mortels.

Je fais exception pour certains couples qui, la plupart du temps, se sont rencontrés par hasard, et que rien ne prédestinait à devenir une unité. Mais combien sont-ils ?

Si je pense à cela, c'est que je ne crois pas être le seul, à mon âge, à éprouver le besoin de faire le bilan de ma vie. D'autres, j'en suis sûr, commencent beaucoup plus tôt et je me demande, ce qui expliquerait l'impatience et les troubles des jeunes, s'il n'y en a pas qui commencent à dresser ce bilan dès leur adolescence.

Pour ma part, depuis quelques années, il m'arrive de plus en plus souvent, surtout dans les moments d'assoupissement, de m'interroger sur moi-même.

Contrairement à ce que j'imaginais, ces réflexions, parfois nébuleuses, m'ont amené à une conclusion que je veux encore considérer, comme en ce qui concerne ma vie, comme provisoire.

En somme, si je me penche sur mes premières années et sur celles qui ont suivi, j'ai toujours été un amateur. Un amateur en tout. Dans les sports, par exemple : je les ai pratiqués à peu près tous, mais, justement parce que je passais de l'un à l'autre ou que j'en exerçais plusieurs à la fois, je n'ai été brillant dans aucun. Les Jeux Olympiques nous montrent que c'est chose courante. On n'est pas à la fois champion de natation, du quatre cents mètres haie, ou d'équitation et de saut à la perche.

Nullement par vanité, mais parce que j'avais, dès mon enfance, le désir de tout connaître, j'ai voulu tout essayer.

J'admire le plombier qui vient réparer ma salle de bains, l'électricien qui trouve immédiatement le remède aux défauts de mon installation. C'est ce que j'appelle des professionnels.

Ils ont des connaissances solides, une expérience d'un certain nombre d'années.

En quoi pourrais-je me prévaloir d'être un professionnel ? On me répondra probablement dans le domaine du roman, bien que je ne fasse même pas partie de la Société des Gens de Lettres (un terme que j'abhorre), mais les critiques eux-mêmes, y compris les meilleurs, hésitent à me classer dans une catégorie ou dans une autre.

Pour les uns, je suis le créateur de Maigret et rien d'autre. Pour certains, au contraire, les Maigret ne sont que comme une tache sur ma réputation de romancier sérieux.

Que pourrais-je leur répondre ? Lorsque j'ai écrit les Maigret, je parle des premiers, il s'agissait pour moi, comme les romans populaires auparavant, de faire mes classes, c'est-à-dire d'accéder petit à petit, étape par étape, à la littérature pure et simple.

Je l'ai fait. Mais de quel droit ? C'est ce que certains semblent se demander. Je n'ai aucun titre universitaire comme la plupart des romanciers d'aujourd'hui. Je n'ai même pas mon baccalauréat, et je ne suis pas allé en prison.

Je n'y connais rien en physique, en chimie, en n'importe quelle science affirmée par un diplôme.

Lorsque, sous la pression du Gouvernement, j'ai accepté de faire partie de l'Académie Belge, je me suis trouvé entouré, non de romanciers, sauf peut-être un ou deux, mais de philologues qui étaient tous professeurs dans quelque université.

En somme, j'étais déjà un amateur et on me l'a plus ou moins fait comprendre.

A l'ancienneté, j'ai pris des galons. Les Américains, sans que je le demande, m'ont nommé membre de leur Académie des Arts et Lettres. L'Université de Pavie, avec laquelle je n'avais eu aucun rapport, m'a donné le titre qui correspond là-bas à celui de docteur honoris causa. L'Université de Liège devait me nommer peu après, toujours sans ma candidature, docteur honoris causa aussi.

N'est-ce pas toujours de l'amateurisme? Cela signifie que je n'ai aucun diplôme et j'ajouterais même aucun certificat. Le plombier en a plusieurs. L'électricien et le peintre en bâtiments aussi et le coureur cycliste est un professionnel.

Je ne suis un professionnel de rien du tout. Je n'ai rien étudié. Je n'ai passé aucun examen. J'ai vécu ma vie, comme tout le monde, à regarder les gens autour de moi et à me livrer au plus d'activités possible.

N'est-ce pas le sort de la majorité des hommes? J'en suis persuadé. Et même écrire des romans n'a pas été pour moi un vrai métier. J'écrivais lorsque j'avais le besoin de m'exprimer, comme le joueur de cartes, dans un bistrot de campagne, éprouve, à un certain moment de sa vie, le besoin d'en raconter les anecdotes qu'il trouve importantes.

Longtemps, j'ai, pour sortir ce que j'avais sur le cœur, créé des personnages fictifs. Il faut croire que j'avais beaucoup de choses sur le cœur puisque cela a duré cinquante ans et que mes personnages se comptent, non par centaines, mais probablement par milliers.

Puis, tout à coup, je me suis révolté. Il m'a semblé que c'était une sorte de lâcheté de m'exprimer par personnes interposées et c'est alors, parce que je suis incapable de me taire, que je me suis mis à écrire à la première personne.

Même pas à écrire. Le truchement de la machine à écrire ou du crayon m'est apparu comme artificiel et, faute de pouvoir m'exprimer autrement, j'ai commencé à dicter.

C'est un moyen pour moi de me débarrasser de mes fantômes. D'autres, comme je le disais tout à l'heure, se contentent de les exorciser en se racontant au café, dans un salon, ou au bistrot du coin.

Mais tous, je le crois sincèrement, ressentent le besoin de se débarrasser de certains pans de leur passé ou, au contraire, de les revivre.

Il n'existe rien dans ma vie que j'aie envie de revivre. Si on m'offrait de retourner à mes trente ans ou à mes quarante ans, je refuserais avec indignation.

Cela ne signifie pas nécessairement que je me sente amélioré depuis cette époque. Probablement cela signifie-t-il que j'ai atteint un certain point d'équilibre et que je ne voudrais à aucun prix retourner en arrière.

Même s'il m'arrive de m'indigner à propos de tel ou tel sujet, c'est encore une liberté que j'ai acquise patiemment, année par année et, avec Teresa, j'ai trouvé enfin la sérénité.

Quelques instants après.

Une idée me vient à l'esprit, si l'on peut parler d'idée. C'est que, si je refuse, ce qui ne me sera jamais offert, de revivre certaines années de ma vie, c'est que je n'en suis pas fier.

Même jour, cinq heures et demie de l'après-midi.

Je me demande parfois si je n'ai pas une sorte de don pour prévoir le temps. S'il en est ainsi, cela doit tenir à la proximité de mes origines paysannes.

Cet après-midi, par exemple, notre sieste a été orchestrée par de grands coups de tonnerre. Il y a eu de la pluie et, en face, à Lausanne, une chute de grêle à la fois brève mais violente.

Mon optimisme l'a emporté. J'avais envie, depuis long-temps, de parcourir la rue Nationale d'Évian, interdite aux voitures, de bout en bout. Je n'en avais fait jusqu'à présent que de petits morceaux à la fois.

Aujourd'hui, je tenais, orage, grêle, ou n'importe quoi, à tenter l'expérience de la parcourir tranquillement à pied au bras de Teresa.

Nous avons hésité à nous encombrer d'imperméables. J'ai dit que cela n'en valait pas la peine et j'ai eu raison car toute notre promenade s'est déroulée sous un magnifique soleil.

Cette promenade m'a appris beaucoup de choses, ou plutôt, une fois de plus, m'a reporté à mon enfance.

Une rue commerçante, où le commerce est poussé à l'extrême, n'est plus une rue ordinaire du moment que les voitures n'ont pas le droit d'y passer. On n'a pas à chercher les lignes jaunes qui sont censées vous permettre de traverser mais où on se fait écraser aussi bien qu'ailleurs, on n'a pas non plus à sursauter à chaque coup de klaxon, ni à marcher docilement sur les trottoirs.

C'est une autre vie qui se crée où, normalement, tranquillement, la politesse et la civilisation renaissent. Si l'on bouscule par hasard une femme jeune ou vieille, on s'excuse et on retire son chapeau. Dans les bistrots, on se fait les mêmes politesses, au lieu de se battre pour une table libre. Enfin, on m'en voudra peut-être de le dire, il y règne une odeur, pour ne pas dire un fumet d'humanité.

J'ai mis longtemps à faire cette découverte. Dans beaucoup de pays du monde, il existe une rue au moins, sinon tout un quartier réservé aux piétons. Et le piéton perd son agressivité dès qu'il a parqué sa voiture. Il redevient un homme comme un autre. Il va et vient le nez en l'air, l'œil curieux, feuilletant les étalages des boutiques et observant, sans le vouloir, les autres humains qu'il rencontre.

Il existe des pays où des quartiers entiers sont interdits aux êtres motorisés. J'espère qu'un jour ce sera la normalité et qu'il apparaîtra comme monstrueux qu'un seul homme, au volant de deux tonnes de ferraille, puisse s'engager dans toutes les rues, y compris les plus étroites et les plus commerçantes.

Peut-être, pour eux, est-ce une volupté de faire étalage des centaines de chevaux de leur mécanique? Mais pour combien d'autres est-ce une volupté de marcher tranquillement devant soi, en regardant à gauche et à droite, en s'arrêtant quand on en éprouve l'envie, en regardant telle ou telle vitrine.

Ce n'est plus, malheureusement, un problème humain. Le « standing » d'un pays dépend aujourd'hui du nombre de voitures qu'il fabrique et qu'il vend. J'aimerais une faillite générale de tous les constructeurs d'automobiles, ce qui ne tardera peut-être pas à arriver, et je rêve de rues où l'homme quelconque, celui qui n'ambitionne ni une Rolls Royce ni une quatre-chevaux, pourra vivre librement.

Ce n'est peut-être pas pour demain. Je suis persuadé que cela arrivera un jour et que ces millions d'autos s'entasseront dans ce que l'on appelle « la casse ».

On me rétorquera que le petit peuple est le premier à

vouloir s'acheter une voiture. C'est qu'on a eu bien soin de construire leur H.L.M. à une trop grande distance de leur lieu de travail pour qu'il s'y rende autrement.

Jusqu'ici, les résultats n'ont pas été brillants, puisque les hôpitaux croulent sous les dépressions nerveuses, pour ne pas dire sous des atteintes plus graves.

La rue devrait et devra rester la rue, accessible à chacun, mais pas à ceux qui ont besoin de mécaniques meurtrières pour la parcourir.

Nous avons deux jambes. Bonnes ou mauvaises, elles suffisent, sauf exceptions rares, à nous véhiculer.

Cela fait partie de notre joie de vivre.

Même jour. Vingt minutes plus tard.

Je viens de lire, pour me relaxer, la *Tribune de Lausanne*. J'y apprends que la semaine prochaine aura lieu un congrès réunissant ce qu'on appelle les médecins marginaux et les médecins officiels, les médecins marginaux étant ceux qui n'ont pas nécessairement un doctorat en médecine, et les autres étant couramment traités de fantaisistes sinon d'escrocs.

Je connais assez bien le programme des études médicales. A de rares exceptions près, je les considère comme insuffisantes, parce qu'elles ne tiennent pas assez compte du patient et de sa vie intime.

Il y a plus de dix ans que l'on a créé la psychothérapie. Malheureusement, elle ne se fait pas à la chaîne, elle demande une longue patience, et il y a très peu de médecins qui la pratiquent.

On dirait qu'une bataille est en train de se développer entre la médecine traditionnelle et la médecine moderne. Les uns se considèrent comme des augures et ne tiennent compte que des résultats de laboratoire.

Les autres, au contraire, qui ne sont qu'une minorité, car cela ne rapporte pas, étudient d'aussi près que possible la mentalité du patient et recherchent, parfois très loin, et après un très long temps, la cause de la maladie.

La médecine traditionnelle a fait la fortune des sociétés multinationales. Une pilule de ceci. Une pilule de cela.

Mais la personnalité du patient? On s'en préoccupe peu. Je sais qu'il y a un assez grand nombre d'exceptions, en particulier les médecins de campagne et de petites villes qui connaissent personnellement et quelquefois intimement leurs malades.

Je ne m'en méfie pas moins de cette médecine traditionnelle qui a réponse à tout, médicaments pour chacun, régimes pour l'un et pour l'autre, et qui, j'en suis persuadé, se trompent, de bonne foi, à tous coups.

Ils sont dans la tradition de la faculté de médecine où l'on n'apprend rien, sinon à plaire au grand patron.

Quoi d'étonnant, après cela, que les gens s'adressent à des « guérisseurs », et j'en ai connu qui étaient des intellectuels convaincus.

Même jour, six heures de l'après-midi.

Enfin, six heures à peu près de l'autre côté du lac, en Suisse donc, cinq heures et quelques à Évian. Non. Je m'embrouille. Je voulais dire le contraire de ce que j'ai dit. Il est cinq heures et quelques en Suisse et il sera bientôt six heures à Évian.

Aujourd'hui, j'ai joué à un jeu que j'ai toujours répugné à jouer, sauf il y a cinquante ou quarante ans : j'ai joué au touriste. Je ne déteste personne. Je comprends la curiosité des hommes et des femmes. Malheureusement, les touristes sont en train de nous gâcher la petite terre sur laquelle nous vivons.

On ne prend plus de vacances dans un endroit déterminé, pour le plaisir des vacances et de renifler la nature. On s'adresse à une des multiples sociétés de tourisme, dont beaucoup appartiennent au gouvernement du pays où elles sont installées. On vous fait des prix à forfait pour tel voyage en avion, hôtel compris, service compris, Honolulu, les Antilles ou les Bahamas. On se demande comment il existe encore des gens qui paient leur voyage en avion au prix fort et qui descendent dans un hôtel par leurs propres moyens.

Je viens de visiter un certain nombre de villages plus ou moins médiévaux, mais c'est un médiéval truqué, comme le château de l'endroit est tellement reconstitué qu'il n'a plus aucun intérêt historique.

154

J'ai trouvé, enfin, dans presque chacun de ces endroits, une rue interdite aux voitures! Je m'apprêtais à applaudir, car il est temps que le piéton garde quelques droits, y compris celui, sans risquer sa vie, de passer d'un trottoir à l'autre.

J'ai vite compris. Ces rues piétonnières, comme ils disent, sont un nouvel attrape-nigauds. On n'y trouve à peu près que des marchands de souvenirs, à peu de chose près les mêmes que dans le monde entier, des bistrots, des restaurants où je ne me suis pas risqué.

Les gouvernements, aujourd'hui, osent parler ouvertement de l'*industrie* du tourisme qui leur permet d'équilibrer plus ou moins leur balance commerciale.

Cela me fait penser à des troupeaux qu'on mène au pré. Il n'y a rien à voir. Que ce soit dans un endroit touristique européen, africain, sud-américain, que ce soit n'importe où à travers le monde, on retrouve les mêmes objets portant la mention « made in Japan », ou « made in Germany ».

Cela commençait déjà en Afrique il y a cinquante ans, mais c'était plus rare. Le Noir avait gardé le respect de sa vie tribale et se refusait à vendre aux rares voyageurs le produit de son artisanat.

On a bien essayé alors de lui apprendre à tailler le bois de telle ou telle façon à l'image de leurs idoles. Et, comme il s'y refusait fièrement, on a fabriqué ces idoles en série à Hambourg. Je le sais. J'y suis allé.

Aujourd'hui, qui s'inquiète encore de savoir où a été conçu et façonné tel objet dit artisanal?

Pas plus, je m'en suis aperçu aujourd'hui encore, que bien peu de gens s'inquiètent de l'origine du vin qu'ils boivent. A plus forte raison de la cuisine qu'ils mangent et qui n'a aucun rapport avec ce que l'on appelait jadis, et ce que l'on veut encore appeler faussement à présent, la vieille cuisine française.

Nous vivons dans un monde industrialisé, un monde d'attrape-nigauds. Mais ces nigauds sont si nombreux qu'ils circulent en troupeaux, sans veston, parfois le torse nu, le long de toutes les rues où on leur promet du pittoresque, et où ils s'arrêtent, béats, devant des vitrines qui exposent les mêmes produits que l'on vend à moitié prix dans leur propre ville.

Le tourisme, organisé par de grandes sociétés internationales, voire par les gouvernements, est une sorte de « banaliseur ». Le public qui se laisse prendre par l'attrait de l'Asie, de l'Afrique, de l'Amérique du Sud, finira par se rendre compte qu'il a été couillonné. Je lisais hier que la Côte d'Azur n'est plus un pôle d'attraction. On l'a tant et tant exploitée qu'il faut des ruses d'Apache pour apercevoir la mer, polluée bien entendu.

Aujourd'hui, la mode est au Massif Central, aux pâturages jusqu'ici réservés aux bestiaux.

Nous sommes en train de remplacer ces bestiaux, avant d'aller ailleurs chercher du pittoresque malgré tout, un monde qui ne soit pas fait que de béton et de « curios ».

Quelques milliardaires continueront sans doute à fréquenter les endroits où les impôts n'écornent pas trop leur fortune.

Mais le nombre de ces pays-là rétrécit de plus en plus et, je l'espère, un temps viendra où l'on vivra chez soi et, occasionnellement, dans une vraie campagne, s'il en reste encore.

Faut-il mettre à l'actif ou au passif ce que je viens de dicter sur les touristes? S'agit-il vraiment de tourisme ou d'un complexe d'infériorité? La radio nous a annoncé ce midi que le Président de la République, au moment où le franc dégringole et où tout va mal en France, a tué quatre éléphants.

Est-ce un exploit ou une rage d'enfant?

Vendredi 20 août 1976.

Je commence à sentir l'écurie et deux mois de vacances que j'ai été presque obligé de prendre cette année à cause de mon fils et de ma cuisinière, finissent par me sembler longs. J'ai hâte, dans un peu plus d'une semaine, de me retrouver avec Teresa dans notre studio rose. Ce matin, j'ai fait un rêve, que d'aucuns qualifieraient de cauchemar. Cela demande toute une explication.

Lorsque j'ai atteint mes soixante-dix ans et que j'ai renoncé à écrire des romans, j'imaginais que ma vie ne serait plus très longue et je rêvais de vivre jusqu'à soixante-quinze ans. Cela m'apparaissait presque comme un idéal. C'était un chiffre bien au-dessus de toutes les statistiques de longévité humaine.

C'était l'âge aussi où l'on commence à ressentir des bobos plus ou moins vagues et à se demander lequel de ces bobos sera le bobo définitif.

Si j'avais été seul, comme je l'ai été longtemps jadis, je ne m'en serais pas préoccupé. Mais Teresa et moi étions déjà depuis plus de dix ans comme soudés l'un à l'autre.

Il est plus facile de s'en aller quand rien ne vous retient dans la vie normale que quand on est deux et qu'à deux on en est arrivé à constituer un tout, j'allais dire une même personne.

Ces fameux soixante-quinze ans que je souhaitais se rapprochent de plus en plus. Je les aurai dans moins d'une année et demie. Seulement, comme les gens qui promettent toujours et qui ne réalisent jamais, ce chiffre m'apparaît aujourd'hui comme dérisoire.

Je finis par me promettre quatre-vingts ans et par les espérer. C'est bien au-delà des statistiques et j'ai tant vécu, tant travaillé, qu'il m'est difficile d'espérer une longévité généralement accordée aux philosophes, à certains hommes d'affaires, à quelques hommes politiques et à quelques acteurs.

Je me suis jeté, dès l'âge de seize ans, dans la vie, avec un appétit insatiable. Je ne me suis jamais refréné. J'ai voulu tout connaître. Je n'y ai bien entendu réussi qu'en partie, mais il est certain que cet appétit n'a pas dû manquer de m'user.

C'est pourquoi, quand je fais un vœu, comme celui d'atteindre mes quatre-vingts ans, sinon davantage, j'ai la précaution de toucher du bois.

On parle de premier, de deuxième et troisième âge. Le seul de ces trois âges qui m'ait donné la plénitude est curieusement le troisième, celui que je vis actuellement avec Teresa et je m'y raccroche avec toute mon énergie. Il m'aurait été indifférent ou à peu près de mourir à cinquante ans, à l'époque, ou à peu près, où j'ai publié des notes réunies par la suite, longtemps après dans un livre intitulé *Quand j'étais vieux*.

Et, en effet, j'étais devenu vieux, j'avais de bonnes raisons pour cela. A ce moment-là, ma disparition m'aurait apparu presque comme une délivrance. Plus de vingt ans après, il n'en est plus ainsi parce que je jouis de chaque minute qui m'est donnée et que je n'accepte plus avec la même indifférence mon départ.

Ceci pour en arriver à un rêve que j'ai fait ce matin. D'habitude, et aujourd'hui comme les autres jours, Teresa se lève une heure environ avant moi. Elle le fait avec si peu de bruit que je ne m'en aperçois pas immédiatement. Puis, après un certain nombre de minutes, selon les jours, ma main tâte machinalement la place vide à côté de moi.

En réalité, c'est la seule heure de la journée et de la nuit pendant laquelle nous ne sommes pas corps à corps.

Ce matin, comme les autres jours, j'ai senti le vide au lieu de sentir le contact de sa chair. J'ai su, naturellement, qu'elle était allée prendre son bain et faire sa toilette avant de venir, fraîche et souriante, m'apporter mon jus d'orange et mon café du matin.

C'est une heure pendant laquelle, d'habitude, je nage entre le sommeil et la veille. Je ne suis pas tout à fait endormi. Je ne suis pas tout à fait éveillé. C'est un état assez voluptueux.

Aujourd'hui, je me suis rendormi, puisque j'ai rêvé. J'ai rêvé que j'étais en train de mourir, tranquillement, avec à peine une petite douleur dans la poitrine, parce que j'avais dû dormir couché toute la nuit sur le même côté, mais sans angoisse métaphysique, bien au contraire.

J'étais presque serein. Je me disais que la mort ne mérite pas sa mauvaise réputation et que c'était en quelque sorte un engourdissement progressif. Il m'est arrivé, je m'en souviens, de tâter ma poitrine pour m'assurer que mon cœur battait encore. Je n'avais qu'un regret, celui de partir sans serrer une fois encore la petite main de Teresa avant mon départ définitif. J'étais triste de partir seul, sans un dernier adieu, mais, en même temps, j'étais presque heureux qu'elle n'ait pas à assister à mes derniers moments.

Elle n'était pas loin de moi, dans la salle de bains. J'aurais voulu l'appeler mais je n'avais déjà plus de voix, ni, me semble-t-il, plus de souffle. Je suis resté ainsi, immobile, en me disant :

— Je suis en train de mourir. C'est moins déchirant et moins douloureux que je le pensais. Si seulement je pouvais avoir la main de Teresa dans la mienne !

J'ignore combien de temps ce rêve a duré. On ne connaît jamais la durée des rêves. Quand la porte de la chambre s'est enfin ouverte et que Teresa est arrivée, toute fraîche, toute pimpante, avec son bonjour affectueux du matin, je l'ai regardée sans comprendre tout de suite. En effet, je ne l'espérais plus et je n'attendais plus non plus sa main dans la mienne pour mes dernières minutes.

Je lui ai parlé d'un cauchemar que je venais d'avoir. Or, c'était à peine un cauchemar. Il y avait, dans mon rêve, un certain apaisement. Je me disais, résigné :

— La mort, ce n'est que ça...

Je me disais aussi :

— Au moins, celui-ci lui évitera les derniers moments qui sont toujours considérés comme une tragédie.

Une nostalgie me restait : celle de lui dire adieu.

J'ai vécu une bonne partie de cette matinée, soulagé, certes, d'être encore vivant, mais avec la pensée qu'un jour viendra où je devrai lui dire au revoir. Ce n'est pas quand j'étais dans mon lit, soi-disant mourant, que j'étais triste ou désespéré. C'est après que j'ai pensé à notre différence d'âge, et au moment où je devrais la quitter.

Tout ce que j'espère, c'est que cela ne se passera pas quand elle sera dans la salle de bains, pour m'éveiller avec tout l'éclat de sa gaieté et de sa confiance en la journée, afin que, comme chaque soir, comme le petit garçon et la petite fille dont je parlais il y a quelques jours, nous soyons la main dans la main.

Post-scriptum.

Peut-être ce rêve m'est-il venu en pensant à mon ami Marcel Achard qui est mort dans son sommeil. Il est vrai que Marcel n'avait pas sa femme à son côté car ils faisaient chambre à part. Il est donc impossible de savoir combien de minutes a duré son agonie solitaire.

160

J'ai fait hier, ou plutôt j'ai subi hier une expérience que je n'avais pas encore connue. Teresa et moi sommes allés pour la quatrième fois au Casino. Je ne suis pas joueur. Elle ne l'est pas non plus.

Nous nous installons à des tables différentes et nous jouons petit jeu, sans fièvre, plus heureux quand nous perdons que quand nous gagnons, ce qui peut paraître paradoxal.

C'était notre dernière visite au Casino, car nos vacances sont bientôt finies. Ce qui nous y intéresse, c'est l'attitude des joueurs et surtout des joueuses. Celles-ci sont les plus enragées, presque toujours entre deux âges et même au-delà.

Nous restons en moyenne une heure, après quoi nous en avons marre. Hier, je me suis dirigé vers la caisse et, heureusement, Teresa était derrière moi.

Il y a de nombreuses années que je souffre de façon intermittente de ce qu'on appelle un Ménière, mais c'est un Ménière qui ne m'a jamais donné que des vertiges sans gravité. Ce n'est pas ce que l'on appelle le Ménière de chute, où ce vertige s'accompagne en effet d'une chute brutale.

Pour la première fois, hier, cela m'est arrivé juste devant la caisse du Casino, parmi un grand nombre de personnes. Je ne m'en suis pas aperçu. Ma bonne Samaritaine de Teresa a eu le temps d'amortir ma chute. Quant à moi, je ne me rendais compte de rien, ni des allées et venues autour de moi, ni des gens qui sont venus me placer sur un brancard, puis dans une ambulance qui m'a conduit à l'hôpital. Je n'ai même pas su, sinon par Teresa, qu'on m'a fait des radiographies. Je n'ai pas su non plus comment j'étais rentré à mon hôtel ni comment on m'avait mis au lit.

Un grand blanc. Pas une image, pas un souvenir ne me sont restés.

Je me suis réveillé ce matin avec un fort mal de tête, alors que, de tout l'après-midi, je n'avais bu que deux verres de vin. Ce n'était donc pas la gueule de bois, mais ça y ressemblait. En même temps, ma jambe gauche, celle dont le grand trochanter a été cassé voilà deux ans, avait tendance à fléchir et il n'était pas facile de me tenir debout.

Je ne sais pas comment appeler cette sorte de blanc, de trou dans ma mémoire. Cela me fait penser au coma.

Je ne m'inquiète pas particulièrement. Comme par hasard, mon ami Cruchaud, qui est en même temps mon médecin, vient déjeuner aujourd'hui avec moi. Rentrerai-je plus tôt que je ne le prévoyais à Lausanne? J'ai l'impression que j'ai besoin d'un sérieux *check-up* et, là-bas, j'ai des amis médecins pour toutes les spécialités.

Dimanche 22 août 1976.

Cette année, exceptionnellement, j'aurai fait trois sortes différentes de vacances. J'ai déjà parlé des deux premières. Nous avons vécu d'abord cinq semaines dans notre adorable petit hôtel de Saint-Sulpice d'où nous pouvions voir les tours dans lesquelles j'ai un appartement et qui surplombent notre maison rose.

Ensuite, nous avons traversé le lac et nous sommes installés au Royal Palace d'où nous pouvions également voir nos tours et même, entre elles, une partie de notre arbre.

J'aurais dû partir samedi prochain pour rentrer chez nous, car Pierre sera rentré de ses vacances prolongées cet été je ne sais pas exactement pourquoi. Or je vais partir mercredi pour de troisièmes vacances, celles-ci qui me seront imposées pour d'autres raisons. Je vais en effet retrouver la clinique où j'ai déjà passé deux séjours pour des raisons différentes : la première fois, tout un train de côtes cassées, pour parler comme les bouchers. La seconde, pour ma hanche brisée.

J'en ai gardé un si bon souvenir, malgré les douleurs intermittentes, que j'y retourne une troisième fois au début de la semaine prochaine. J'espère que ce sera moins sérieux, car il ne s'agit que d'un *check-up* général. Il y avait longtemps que j'en avais le désir mais j'ai attendu le signal de mon ami Cruchaud avec qui nous avons déjeuné hier dans notre salon du Royal.

Je ne me souvenais toujours pas de ce qui m'était arrivé la veille au Casino. Autant que j'en puisse juger, il s'agit d'une crise de Ménière qui, cette fois, au lieu d'être simplement circulaire, sans me faire perdre mon équilibre, m'a fait tomber brusquement en arrière. Un vertige total. Je suis resté près de trois heures dans le coma. On m'a amené, paraît-il, sur une civière à l'hôpital. Teresa a voulu à toute force m'y suivre mais les gens de l'ambulance, des gros bras, ont essayé de l'en empêcher en utilisant leur force. Au point qu'elle a les bras couverts de bleus.

Elle n'en a pas moins tenu bon jusqu'au bout et elle m'a accompagné. Que s'est-il passé pendant tout ce temps-là? Je l'ignore, sinon par ce que Teresa m'en a raconté.

Il devait être cinq heures de l'après-midi quand je suis tombé. Je n'ai ressenti aucun trouble puis il y a eu un grand blanc et je me suis retrouvé dans mon lit après neuf heures du soir.

La clinique donc sera mes troisièmes vacances cette année. On ne peut pas dire qu'il n'y aura pas eu de variété.

Ou bien je sortirai de la clinique rassuré, ou bien j'en sortirai dans ce que j'appelle l'état de maladie.

J'ai confiance. J'attends avec impatience que ces troisièmes vacances soient terminées et de retrouver notre chaude petite vie dans notre maison. Dix fois par jour, je me dirige vers la grande baie vitrée qui donne sur le lac et sur la Suisse. Quelquefois, celle-ci est noyée dans le brouillard et paraît avoir sombré dans l'infini. Une heure après, sa côte apparaît avec ses moindres détails.

Ce matin, c'est un jour de brouillard mais il peut aussi bien se lever cet après-midi et me rendre la vue de ce qui est devenu mon home, ce que je pourrais appeler plus poétiquement mon havre de grâce.

Je suis impatient. Je sais qu'on va me faire une série d'examens, par des professeurs différents. On me torturera un peu, je m'y attends.

Mais j'ai confiance. En tout cas, j'éviterai dorénavant de quitter le petit trou que je me suis fait dans la boule du monde et je garderai jalousement le bonheur que je m'y suis fait aussi.

Même jour, qui est un dimanche,
un quart d'heure environ après.

Je finis par me demander, et ce n'est pas la première fois, si je ne suis pas devenu maniaque. Après ma précédente dictée, j'ai demandé à Teresa quel numéro de bobine était en train. Elle m'a répondu onze. Elle a ajouté qu'il restait à peu près un quart d'heure de bon à cette bobine.

Et j'avoue franchement que si je me remets à ma dictée, c'est pour en finir avec cette bobine-là.

Je ne sais pas comment ça s'est passé. Lorsque j'écrivais des romans, je tapais à la machine vingt pages par jour et, sans que je le veuille, ni même que j'en sois conscient, chacun de ces chapitres avait exactement vingt pages dactylographiées.

Je me suis mis à la retraite. J'ai cessé d'écrire des romans. Je crois que je n'ai même qu'une machine à écrire qui se trouve au secrétariat. Mais, presque automatiquement, j'ai commencé à dicter tout ce qui me passait par la tête et il en a été pour mes dictées comme de mes séances à la machine à écrire. A part *Lettre à ma mère* et un des autres volumes sur les neuf dictés jusqu'à présent, tous ces volumes comportent douze bobines de magnétophone.

Pourquoi douze? Pourquoi pas dix, pourquoi pas vingt? Je n'en sais rien. Surtout qu'il n'y a plus une histoire à raconter, qui doive comporter un commencement, un développement et une fin.

Il en est exactement de même de mon réveil, du déroulement de mes journées. Sauf de rares exceptions, elles se ressemblent toutes, ce qui tendrait à prouver que je suis heureux de mon emploi du temps.

Il existe cependant un petit mystère que je n'ai jamais éclairci. C'est que cette discipline, si discipline il y a, n'est pas voulue. Jamais, je ne me dis : il est telle heure, je vais donc m'occuper de telle chose.

On dirait presque que je suis un ordinateur et qu'une mécanique inconsciente me pousse à faire chaque jour la même chose, au même moment, faute de quoi je me sens flottant et comme perdu.

Je ne veux pas rentrer à Lausanne sans que ce volume neuf soit terminé. Rien ne m'y oblige. Personne ne m'y pousse. Deux ou trois autres volumes attendent que je les relise à mon retour. Mais ce n'est pas urgent étant donné que je n'en publie plus que trois ou quatre par an et qu'ils ont tendance, par conséquent, à s'amonceler.

Non. Rien ne me force à faire ceci ou cela. Je suis libre. Je tiens presque férocement à cette liberté. Mais c'est une liberté relative puisqu'elle consiste à faire à peu près chaque jour, à chaque heure, la même chose.

Je n'ai pas de bouton à pousser comme à un ordinateur. (J'ignore d'ailleurs si les ordinateurs possèdent des boutons.)

En tout cas, j'ai terminé le neuvième volume presque contre mon gré et, demain matin, pendant que Teresa terminera les bagages, je commencerai, moi, le dixième volume, à moins que je ne le commence qu'après mes troisièmes vacances, c'est-à-dire après la clinique.

Lundi 23 août 1976.

Je pars mercredi pour rentrer dans ma maison. C'est donc aujourd'hui que je prépare les enveloppes pour le personnel.

Cela m'est arrivé des centaines de fois dans ma vie et pourtant c'est toujours une épreuve. Peur de donner trop à l'un, peur de donner trop peu à l'autre; un palace est une ruche dont il faudrait compter toutes les abeilles.

Qui a travaillé directement pour moi? Qui fait partie, sur les deux cents personnes qui nous servent, de ceux qui ont un contact avec nous?

Il en était de même jadis pour les paquebots transatlantiques et autres. On passe une demi-journée à se casser la tête pour n'oublier personne et ne faire tort à personne.

Après-midi, ce sera le tour des premiers bagages. C'est l'affaire de Teresa. Elle le fait avec un ordre et une dextérité qui me vaut une paix complète.

Mercredi, nous retrouverons notre maison rose. Nous retrouverons aussi nos oiseaux. Je retrouverai mon grand Pierre qui sera rentré de vacances. Il devrait rentrer aujourd'hui. Je retrouverai Yole, Josefa, tout mon petit monde familier et Teresa et moi retrouverons la paix de notre studio et la joie, le soir, de rejoindre notre lit.

Ce ne sera que pour quelques jours car, la semaine prochaine, je devrai entrer en clinique pour un *check-up.* Mais c'est une clinique que nous connaissons aussi et où nous avons nos habitudes.

Encore la journée de demain à passer ici puis, mercredi matin, départ!

Je me promet, quoi qu'il arrive, de ne plus prendre de vacances.

Même jour, trois heures et demie de l'après-midi, plus exactement trois heures et demie en France, mais en face, de l'autre côté du lac où j'ai ma maison, il n'est que deux heures et demie.

J'ai fait une sieste paisible et sans histoires pendant que Teresa, silencieusement (je me demande comment elle s'y prend) bouclait la plus grande partie des bagages. Il reste surtout mon magnétophone qui va être emballé après cette dictée, car je ne veux pas dicter demain. Il reste, bien entendu, les objets de toilette, mes pipes, mes boîtes de tabac, un tas de menus objets dont on s'encombre en voyage et que Teresa appelle les bidules. Les Noirs, en Afrique, quand j'y étais pour la première fois il y a cinquante ans, appelaient ça des « bilokos ». Les bilokos, pour eux, c'était tout ce qu'ils confectionnaient à la main pour leur usage quotidien mais dont les Blancs étaient tellement avides que des trafiquants, particulièrement de Hambourg, se sont mis à les fabriquer à la chaîne et que les Noirs, eux, les revendaient comme des produits artisanaux.

Chaque départ est pour moi, depuis des dizaines d'années, une délivrance, mais une délivrance qui n'est pas sans nostalgie. Il est rare que je retourne à un même endroit. Un moment vient où le besoin me prend de rentrer au plus vite dans ma maison, quelle qu'elle soit, c'est-à-dire mon nid, l'endroit où je me sens comme protégé.

A plus forte raison cela arrive-t-il maintenant que nous avons, Teresa et moi, aménagé notre maison rose, où nous nous sentons en paix et où aucune curiosité ne nous pousse à aller passer ailleurs ce qu'on appelle des vacances.

Les grands paquebots de jadis, les trains internationaux, les palaces, les huttes indigènes, le grouillement des gares ont été longtemps, presque toute ma vie, des lieux familiers, dans lesquels je me sentais à l'aise et où je me complaisais.

C'était peut-être parce que j'ai rarement eu de vraie maison, de maison faite à ma mesure et partagée avec une Teresa?

Il m'y manquait toujours quelque chose, quelque chose d'intime, d'apaisant, et je sais maintenant le nom de ce quelque chose.

Certes, Teresa m'accompagne dans mes rares déplacements. Elle est la même que chez nous. C'est l'atmosphère qui n'est plus la même, une atmosphère créée par nous, sans le vouloir, jour après jour, soir après soir, à notre propre mesure.

Ce matin, elle m'a dit un mot qui m'a frappé comme il aurait frappé tout homme de soixante-treize ans qui a passé la plus grande partie de son existence à parcourir le monde, surtout à une époque où les agences de voyages ne vous raccolaient pas à chaque point de rue et où des avions rapides ne vous emmenaient pas pour des prix dérisoires à Singapour, à Tahiti, voire dans le Grand Nord où je suis allé, de mon temps, avec un petit bateau qui, longeant les côtes de Norvège, s'arrêtant à chaque petit port, vous conduisait en Laponie que vous parcouriez ensuite en traîneau à rennes, avec un Lapon pour guide; vous vous couchiez dans la première tente qui se présentait et où pendait un renne écorché dans lequel, pour toute nourriture, on vous taillait une tranche de viande au goût rance.

Tout cela a changé. Je ne regrette rien. Mes enfants vont le plus souvent dans un des nombreux Clubs Méditerranée où on s'occupe du matin au soir de leur emploi du temps afin qu'ils ne connaissent pas l'ennui et où le dépaysement lui-même est organisé selon la région.

Il est maintenant plus de trois heures moins dix, heure suisse soit près de quatre heures, heure française.

Normalement, nous devrions commencer notre promenade de l'après-midi au bord du Léman, dans un chemin interdit aux automobiles et où l'on rencontre surtout des mamans poussant un landau ou tenant un enfant par la main, ainsi que quelques vieillards isolés ou par couples.

Notre logement n'est pas un vaste appartement de palace aux baies vitrées au-delà desquelles le paysage s'étale jusqu'à de nombreux kilomètres, à peu près de Genève à Montreux, avec les deux rives face à face.

Nous y sommes en paix, sans plus rien avoir à faire en attendant notre départ et, s'il n'en tenait qu'à nous, nous nous en irions immédiatement. Des raisons compliquées et ridicules à la fois nous en empêchent. Nous avons encore la journée de demain mardi à passer dans ce grand salon où nous nous tenons à présent, sans impatience, mais aussi sans la joie profonde que nous procure notre studio de la rue des Figuiers.

Je ne peux m'empêcher de penser à mes arrivées dans les endroits les plus divers, mais surtout à mes départs que j'ai toujours attendus avec fébrilité.

Le mot de Teresa, ce matin, m'a frappé et m'a fait me demander si je ne m'étais pas trompé en courant le monde pendant tant d'années. Elle m'a dit qu'au fond j'étais un casanier.

Et casanier, j'en conviens maintenant, est le qualificatif qui convient à ma véritable personnalité.

Je suis curieux de tout, certes, surtout des hommes. J'ai rêvé, à seize ans, de vivre rue Puits-en-Socq, une étroite rue grouillante et commerçante, d'où, de ma fenêtre, j'aurais vu à toute heure passer comme un condensé d'humanité.

Ce condensé, j'ai dû le constituer moi-même, en courant le monde pour y cueillir des échantillons.

Cela m'a-t-il appris quelque chose ? N'était-ce pas du temps perdu ? Je me le demande aujourd'hui. C'est l'histoire de la goutte d'eau de je ne sais plus quel savant, car je n'ai plus la mémoire des noms.

— Donnez-moi une goutte d'eau, disait-il, et je reconstituerai le monde.

170

Je n'ai pas été aussi sage que lui. J'aurais pu dire :

— Donnez-moi un homme, une famille, une rue, et je connaîtrai le monde entier.

Or, j'ai couru comme un lièvre électrique. Au lieu d'écrire deux cent vingt livres pour analyser l'homme, j'aurais pu, peut-être, n'en écrire qu'un seul qui aurait eu les mêmes résultats.

Cela ne m'empêche pas, aujourd'hui encore, en profitant d'heures vides, consacrées à l'attente, de dicter à nouveau, comme ces femmes qui ne peuvent s'empêcher de parler, même pour ne rien dire, ou de tricoter sans fin.

Je sais qu'il y a de la mélancolie dans mes propos. Je sais aussi que demain sera un jour creux, surtout que, dans quelques minutes, mon micro sera emballé.

Je lirai des journaux ou des magazines, car mes livres, eux aussi, sont déjà dans les valises. Je regarderai souvent l'heure. J'attendrai avec impatience le moment de nous coucher pour le dernier soir dans un lit étranger.

Mercredi, je prévois que je m'éveillerai de bonne heure, que je ne tiendrai pas en place, que j'attendrai avec impatience sinon avec fièvre la voiture qui doit nous ramener à Lausanne.

Notre salon est vide. Nous allons descendre et arpenter les couloirs en attendant de reprendre notre solitude qui n'est pas une vraie solitude, puisque c'est une solitude à deux.

C'est ce que je souhaite à tout le monde, car j'ai pitié des vrais solitaires et je ne serais pas capable d'en être un.

Qu'on ne m'en veuille pas de ce bavardage sans queue ni tête, mais il m'était nécessaire et c'est à moi-même, en somme, que j'ai éprouvé le besoin de parler.

OUVRAGES DE GEORGES SIMENON

AUX PRESSES DE LA CITÉ (suite)

« TRIO »

I. — La neige était sale — Le destin des Malou — Au bout du rouleau
II. — Trois chambres à Manhattan — Lettre à mon juge — Tante Jeanne
III. — Une vie comme neuve — Le temps d'Anaïs — La fuite de Monsieur Monde

IV. — Un nouveau dans la ville — Le passager clandestin — La fenêtre des Rouet
V. — Pedigree
VI. — Marie qui louche — Les fantômes du chapelier — Les quatre jours du pauvre homme

VII. — Les frères Rico — La jument perdue — Le fond de la bouteille
VIII. — L'enterrement de M. Bouvet — Le grand Bob — Antoine et Julie

PRESSES POCKET

Monsieur Gallet, décédé
Le pendu de Saint-Pholien
Le charretier de la Providence
Le chien jaune
Pietr-le-Letton
La nuit du carrefour
Un crime en Hollande
Au rendez-vous des Terre-Neuvas
La tête d'un homme

La danseuse du gai moulin
Le relais d'Alsace
La guinguette à deux sous
L'ombre chinoise
Chez les Flamands
L'affaire Saint-Fiacre
Maigret
Le fou de Bergerac
Le port des brumes
Le passager du « Polarlys »
Liberty Bar

Les 13 coupables
Les 13 énigmes
Les 13 mystères
Les fiançailles de M. Hire
Le coup de lune
La maison du canal
L'écluse nº 1
Les gens d'en face
L'âne rouge
Le haut mal
L'homme de Londres

A LA N.R.F.

Les Pitard
L'homme qui regardait passer les trains
Le bourgmestre de Furnes
Le petit docteur
Maigret revient

La vérité sur Bébé Donge
Les dossiers de l'Agence O
Le bateau d'Émile
Signé Picpus

Les nouvelles enquêtes de Maigret
Les sept minutes
Le cercle des Mahé
Le bilan Malétras

ÉDITION COLLECTIVE SOUS COUVERTURE VERTE

I. — La veuve Couderc — Les demoiselles de Concarneau — Le coup de vague — Le fils Cardinaud
II. — L'Outlaw — Cour d'assises — Il pleut, bergère... — Bergelon
III. — Les clients d'Avrenos — Quartier nègre — 45° à l'ombre
IV. — Le voyageur de la Toussaint — L'assassin — Malempin
V. — Long cours — L'évadé

VI. — Chez Krull — Le suspect — Faubourg
VII. — L'aîné des Ferchaux — Les trois crimes de mes amis
VIII. — Le blanc à lunettes — La maison des sept jeunes filles — Oncle Charles s'est enfermé
IX. — Ceux de la soif — Le cheval blanc — Les inconnus dans la maison
X. — Les noces de Poitiers — Le rapport du gendarme G. 7

XI. — Chemin sans issue — Les rescapés du « Télémaque » — Touristes de bananes
XII. — Les sœurs Lacroix — La mauvaise étoile — Les suicidés
XIII. — Le locataire — Monsieur La Souris — La Marie du Port
XIV. — Le testament Donadieu — Le châle de Marie Dudon — Le clan des Ostendais

SÉRIE POURPRE

Le voyageur de la Toussaint   La maison du canal   La Marie du port

Achevé d'imprimer le 2 juin 1978
sur les presses de l'Imprimerie Bussière
à Saint-Amand (Cher)

— N° d'édit. 3940. — N° d'imp. 628. —
Dépôt légal : 2ᵉ trimestre 1978.
Imprimé en France